老楽《おいらく》

~枯れ木に花を~

癒しの老話

2

遠藤トク子

Endo Tokuko

幻冬舎 MC

老楽《おいらく》

~枯れ木に花を~

癒しの老話2

口上

子どもに童話があるなら、高齢者に老話があっても良いのではないかと「老話」というジャンルを勝手に創作しました。2021年に本を出したところ、まだ高齢者とは言えない人たちからも感想をいただきました。老いや死のテーマは世代を超えるのでしょう。親子の関係や、生き方についての想いを綴ってくれました。高齢者だけでなく、命あるすべての人に二冊目の本、『老楽《おいらく》　～枯れ木に花を～癒しの老話2』を捧げます。

目次

老楽《おいらく》

「長生きするのも楽じゃないやね」

彼はボソッとつぶやいた。町内会広場で毎朝ラジオ体操。リーダー格の彼は八十三歳。最近体調を崩したせいか、珍しく愚痴が出る。

私も後期高齢者の仲間入りをした。七十六年間なんてあっという間、光陰矢の如し。

年齢を重ねてみないと見えない景色もある。周りにいた知人や友人が次々とあの世に旅立つ。二年前には夫もがんで逝ってしまった。埋め切れない喪失感。

「散る桜、残る桜も散る桜」とは、よく言ったものだ。

いずれすべての人がこの世を去る。そう思うと、どんな人でも許せる気がする。自分の心が丸くなっていくのがよくわかる。

老いの身には金はないが暇だけはある。今日は小春日和、腰や膝をかばいながら、もう少しで目当ての神社の杜。路傍に紫陽花の青い花が一輪返り咲いて迎えてくれる。

老楽《おいらく》という言葉があるらしい。老いをとことん楽しむことのようだ。

日本地図を作成した伊能忠敬は六十歳を過ぎて測量の旅に出た。かの有名な葛飾北斎の代表作はほぼ七十代のもの。中国のクブチ沙漠に銅像が建つ遠山正瑛は八十歳で沙漠緑化の植林を始めた。

体力は落ちても、知力、能力が熟するのは老年になってからかもしれない。人間AIである。

「老楽」とは、みっともなくても、かっこ悪くても、這ってでも生き抜いてやる、生きるとはそういうことだと示すことかもしれない。

若者よ、年を重ねることを嘆かないで。物事はなるようになる。大丈夫、めげない、めげない。小春日和の紫陽花のように周囲が枯れても平然と咲いてみせる。何と美しい姿か。

さてさて、残された時間がどのくらいあるのだろう。わからないけど、みごと枯れ木に花を咲かせてみたいものだ。

老話

家族写真

ここは埼玉県のA市。東京の通勤圏だが住宅建設が進まず畑や林があちこちに残る田舎の市。県内で「存亡の危機ナンバーワンの市」という不名誉な称号までいただいてしまった。出産可能な年齢の女性の数が少ないらしい。都会でもない、田舎とまで言い切れない、中途半端な地域である。その中途半端がA市の特徴。その地味な特徴が一番良いのだが、誰もそれに気づかないみたい。ただ、近年は空き地にやたらと養護・介護の施設が建ち、人口が増えた。とはいえ施設の利用者は高齢者。いやはやますます存亡の危機は深まるばかりだ。

駒子さんも今年からこの施設の住人になった。一人暮らしに限界を感じ、アットホームが宣伝文句のグループホーム「すみれ苑」に、虎の子の貯金をはたいて移り住んだ。一人暮らしのときはヘルパーさんのお世話になりながらも、自分のできることは自分でしてきた。しかし「すみれ苑」では、何事もヘルパーさんがやってくれる。ひとまとめにして画一的に面倒を見たほうが効率が良いのは確かだ。一人ひとりできること、できないことを区別していては人手がいくらあっても足りない。おのずと入居者は何もすることがなく、食事、入浴、睡眠、たまの健康チェックに運動と、マニュアル通りに一日を過ごすしかない。

施設は東西に二棟あり、ワンフロアに男女それぞれ五人と四人が利用している。水場とトイレがついた個室。中央は広い共同スペースになっている。広間に利用者が出ていて、男性は将棋や囲碁、女性は編み物や読書をしていた。テレビは誰も興味を示さないのか、画面がついていることは滅多に見かけない。広場のすべての出入口はオートロックで暗証番号なしでは外には出られない。ほとんどの人が車いす生活。だから自分から動くことがほとんどなくなる。施設側からしても、車いすのほうが利用者の移動には便利なのかもしれない。へたに動かれると手間暇が増えるのだ。ましていまは世界的な感染症のウイルスが広がっている。じっと閉じこもっていてくれるのが肝要だ。入居すると一気にボケの症状が進行していくと聞くが……。

駒子さんも個室にひきこもっている。近頃は、ベッドで横になっていることが増えた。なぜかいつもうとうとしてしまう。いまも夢と現《うつつ》の区別がついていないかもしれない。先ほどから、駒子さんの耳には何やら大勢の騒がしい声が聞こえる気がするけれど……。


「絶対、目をつぶらないでください！」

黒いマントの布を頭からかぶった写真屋さんは同じことを何度も注意する。

居間から中の間、奥の間の板戸をすべて取り外し、床の間を背に家族全員、一張羅を着て三列に並んで緊張して待っていた。あんちゃんの成人式を待って家族で写真を撮ろうと父ちゃんは決めていた。一家はあんちゃんで三代目になる北の大地の開拓農家だ。頑張って耕作面積を増やしてきた。家族の大事な節目に、記念の写真を一枚撮っておこうと父ちゃんは決めていたのだ。

母ちゃんは野良仕事で陽に焼けた顔に白粉をはたき、おめかしして座している。父ちゃんは紋付き袴で真ん中に、ココはその父ちゃんの膝にべったりくっついて、なぜか雛人形を抱えていた。三歳か四歳だろうか。雛人形はお内裏様だ。

写真屋の助手が被写体の家族全員を、前から横から眺め直し、目線を上げろとか、襟を直せとか細かい注意をしている。

「では一枚目いきます。まぶしくても、頑張って目をつぶらないように」

同じ注意を何度も受け、目いっぱい頑張って瞬きを止めている。と突然、ボッという大きな音と一緒に真っ白な閃光が目に飛び込んできた。写真屋さんが右手に持っていたL字型の小さな台の上でフラッシュのマグネシウムが焚かれ、煙が立ち上り、少し薬臭いにおいが残った。

「もう一枚写しますね」

すみれ苑の駒子さんの個室、チェストの上にはセピア色の写真がスタンド式の額に収まり飾られている。写真を手に取って眺める。

みんな必死に目を開け、緊張で目が痛くなったのを駒子さんはいまも覚えている。みんなびっくりまなこで写真に納まっていた。母親だけ自信がなかったのか、目線をカメラから外し、右下を見ていた。そしてその写真が唯一駒子さんの家族全員が写った写真になってしまった。

写っている人はみんな若い。父ちゃんがまだ四十代、あんちゃんは二十歳くらいだろう。姉ちゃんは十七歳で母親代わり、次男の二あんちゃんはすでに勤め人になっていて背広姿で、ほかの兄姉は全員家から学校に通っていた。駒子さんはまだ幼かった。兄姉が学校に行ってしまうと遊び相手もいなく、学校に行っていないのはあんちゃんと姉ちゃんだけだった。年の離れた駒子さんは「ココ」と呼ばれ、兄姉からめっぽうかわいがられて育った。


グループホームでヘルパーさんが起こしに来た。

「駒子さん、お風呂の時間ですよ。お風呂好きでしょう？」

「そうね、でも今日は入らなくてもいいかな」

「オムツし始めたのよね。いまお風呂に入っておかないと、赤くただれちゃうかもよ」

駒子さんはヘルパーさんの言葉への返事に窮した。

「あら！　汚れている！　駒子さん、うんちしたくなったら教えてね」

駒子さんはうつむいたまま心の中だけでつぶやいていた。急にお腹が痛くなり我慢できなくなった。でもそのとき、近くにヘルパーさんは誰もいなくてトイレに間に合わなかった。駒子さんだって粗相《そそう》をした自分が嫌になっていたのに。できるなら、このままこっそり自分で始末したかったのだ。だがヘルパーさんは駒子さんをお風呂場に連れていき、裸にして立たせ、オムツを外し、駒子さんの体に容赦なくお湯のシャワーを浴びせた。

駒子さんはそれ以来、施設のお風呂が苦手になってしまった。駒子さんのプライドが傷ついた。自分で始末できないことと、自分で始末したいと思うプライドは違うのだ。忙しいヘルパーさんは理屈でわかっていても、つい時間のなさに流されてしまう。駒子さんはますます個室にこもることが多くなった。セピア色の家族写真を手に取っていつまでも眺める。

ココの父ちゃんは子煩悩な人だった。どの子も小さい時分は掛布団の下にどてらをかけ、父ちゃん自身は裸にふんどし一丁で、自分の懐に抱いて一緒に寝て育ててきた。上から順送り、ココは末っ子だから、いまだに父ちゃんの懐や膝の上を独占している。父ちゃんは子煩悩だったが無口で、子どもをあやすような口は利かない。言うことを聞かずにいつまでもぐずぐずしているとゲンコツがくる。ときには出窓をがらりと開け、雪の中にココをポンと放り出すこともした。聞き分けがないのは自分であることをココは十分に承知していたから、べそをかいて、誰かが助けに来てくれるのをおとなしく待った。頑固で無口な父ちゃんは、酒もたばこもやらなかった。

あんちゃんは写真に眼鏡をかけて写っているが、実はだて眼鏡。眼鏡は男前が上がると噂され、だて眼鏡を決めていた。上背もあり、顔もいま話題の男優に似ているとかで、村の若い女性にちやほやされ、その気になっていた。流行りのハットやレコード、蓄音機、ギター、パチンコと貧乏な農家の息子にしては精いっぱい贅沢にさせてもらっていた。総領で後継ぎ、父ちゃんも遊ぶのはいまのうちだけだろうと大目に見ていた。

ある五月の朝、母ちゃんは井戸端でたらいを使い洗濯をしていた。寝坊したココは炉端に置いてあったおにぎりをつかみ、寝起き姿で玄関に出てきた。ココはおにぎりにかぶりつき、玄関で日向ぼっこをしていた犬のチビに声をかける。髪の毛は櫛が入らずくせ毛でおったったまま。着ているものも昨夜の寝巻きのまま。はいているズボンのゴムがほつれてずり落ちそう。母ちゃんが髪の毛を止めていたピンで急いでゴムを通し直してくれた。

おにぎりを食べ終えるとココはピンクのゴム長靴をはき、玄関を飛び出し、沢へ向かう坂道を駆け下りていく。

「池のそばには行かんのよ。危ないから」

「わかってる」

母ちゃんの注意の半分も聞いていない。転げるように走ってゆく。沢にはまだ雪が残っているところさえある。春先の雪どけ水は流れ、池の周りも乾いてきて、つくしやフキノトウ、ヨモギがかわいいまっさらな芽を吹いている。池にまだカエルの姿も見つからない。

今度は沢の急坂を青草をかき分け登り、畑に出る。あんちゃんが馬にプラウ（土起こし器）を曳かせ、明日から種まきする畑の準備をしていた。起こした土の後から小鳥がついていく。土中の幼虫が掘り起こされていくから恰好の餌なのだ。土起こしの次は土を砕く作業だ。馬に曳かせる農具を付け替える。それは華道の剣山を逆さにしたようなハローという農具で、人間が錘《おもり》代わりに乗り、馬に曳かせるのだ。

「ココも乗ってみるか」

あんちゃんは馬を止め、ココと一緒にハローに乗った。馬が重そうに動く。ココは落ちないようにあんちゃんのズボンにしがみつき、初めての畑起こしに興奮していた。畑を一周してあんちゃんはココを下ろした。

遊び相手のいないココを少し相手にしてくれたのだ。ココと遊んでくれる子は皆学校に行ってしまい、ココは「つまんない、つまんない」を連発していたから。あんちゃんも子煩悩で、親子ほど年の離れた妹をかわいがったが、父ちゃんと同じで無口な人だった。


「ココ、タバコ買いに行ってくれ」

あんちゃんに頼まれて二キロの道を十円玉を握りしめ、四歳のココは村に一軒の雑貨屋までタバコを買うために必死に歩いていった。タバコはしんせい一個、余分にもらったお金でキビ団子を買う。帰り道に食べるそのキビ団子が格別おいしい。

あんちゃんの遊びは相変わらずだったが、そのうちとんでもないことを言い出し、親を慌てさせた。

「俺は農家を継がずにサラリーマンになる」

よく聞いてみると好きな女ができたみたいで、その相手が農家の嫁にはならないと言っているらしい。村の小学校に来た代用教員。若いとは言えない年齢で、なぜその年齢でいまだに代用教員なのか不思議だった。

どれだけ本気で息子と付き合っているのか、父ちゃんは本人に直接確かめに会いに行った。

「彼とは何度か一緒にお酒を飲んだだけの仲です。付き合っているとか、結婚を考えているなんてとんでもない。農家の嫁になる気は毛頭、ありませんから。結婚なんて言われても迷惑なだけですから」

四つも年上の女教師に息子はいいように遊ばれたのかと父ちゃんは腹を立て、何もないのに惚れてしまった息子があわれに思えた。

年増でも村にない都会の香りを多少は身にまとっていたのだろう。その香りに幻惑されてしまったか。刺激のない田舎の生活で、女教師は適当に遊び相手を探しただけだ。

酒の勢いで手を握り、キスをされただけで、自分に惚れていると思い込んでしまった。あんちゃんは女も知らないうぶな青年だった。

父ちゃんはあんちゃんに見合いで結婚するよう勧めた。女教師に会って気持ちを確認したことも話して聞かせたが、かわいそうで露骨に真相は言えなかった。ちょうど代用教員の期間も終了し、その女教師はほかの学校に転勤していなくなってくれた。想いを諦め思い切るにはちょうど良い時期だ。ほかにも理由がある。父ちゃんには焦りがあった。自分の体調がいまいち良くない。自覚がある。いまのうちに行く末のめどを立てておきたい。

しかし、あんちゃんの気持ちは変わらなかった。農家の長男でなかったら女は自分を選んだはずだ。父ちゃんが言うように振られた、遊ばれたとは思えない。親に強引に引き裂かれたと受け取りたかった。あんちゃんはそれだけ若くうぶだったのだ。

父ちゃんは知り合いの娘をあんちゃんの嫁に薦めた。

「俺が結婚するんじゃない、親父が結婚するんだ」

あんちゃんはふてくされ、たいして強くもないのに酒を飲んで開き直った。現実を受け止めるでもなく、逃げ出すわけでもなく、成り行きに任せる形になっていった。あんちゃんも女教師に対して自信がなかったのだろう。結果的に父ちゃんの薦める女性と見合い写真を見ただけで結婚式を挙げた。結婚式から一週間後に初の里帰りをして、お嫁さんの実家に新夫婦で挨拶に顔を出す習わしがあった。

あんちゃんはそこで初めて義父母とじっくり対面した。嫁の母親は勝気な人で、娘を大事にしてくれとあんちゃんに迫った。あんちゃんはきつい要望を平気で言う実家に二度と顔を出さなくなった。

農家の嫁がどれほどしんどいか、あんちゃんは知っていた。だから簡単に安請け合いなどできなかったのだ。

ココの家の居間から麦畑が見える。秋蒔き小麦の畑だ。夏のこの時期は、もうすぐ刈り取りの季節だ。小麦が金色に色づき、風になびいている。

ココがいない。母ちゃんがふと部屋を覗くと空っぽだった。確か土手の草叢で一人遊んでいたはずなのに。大人は皆忙しく、ココが何をしているか気にも留めていなかった。家族全員が大騒ぎして探すことになった。家じゅう、押し入れから、納戸、戸棚の中まで念入りに、家畜の藁の中や、井戸の中、沢の池も確認した。もう三時間も探している。

「人さらいかしら」

「こんな田舎に。誰も来なかったよ」

「警察に届けないとだね」

母ちゃんは先祖のお墓に行って、ココの無事を祈った。帰り道、辻のお地蔵さんにもお願いして帰ろうと両手を合わせたとき、お地蔵さんの後ろの麦畑で何か動いた。うーんと寝起きのときのような子どもの声がしたみたいだ。母ちゃんは恐る恐るお地蔵さんの後ろを覗いてみた。何とココはそこに寝ていた。

汗をかき、疲れ果て、涼しいお地蔵さんの陰でつい寝込んでいたのだろう。呆れた子だ、と母ちゃんは安堵の息を漏らした。

麦刈りも終わり、盆休み。ココはあんちゃんのお嫁さんのフキ子さんとオホーツクの浜辺の駅で汽車を待っていた。砂浜にはきれいな貝が落ちている。ピンク色の貝はさくら貝だろうか。次々見つけてポケットの中に入れていた。

海風がフキ子さんの水玉の白いワンピースの裾を揺らす。海の向こうに何かあるのか、フキ子さんは放心した表情で、海と空の間を見つめ続け、大きなため息をついていた。五年前まで暮らしていた樺太はここからは見えない。フキ子さん一家は樺太からの引揚者だった。そして、本来なら今日、一緒にいるべきはココではなく夫のあんちゃんであるはずだ。しかしあんちゃんはフキ子さんに心を開いてくれていない。フキ子さんはそんな気がしていた。実家の母を嫌っているのは理解したが、全く同行しようとしないことに気が折れた。一人で帰るには実家の敷居は高い。ココを連れて里帰りをすることにした。幼いココにそのわけは全くわからない。ココはフキ子さんの実家で初めてラーメンなるものとコーヒーを飲み、開け広げられた座敷の隅の布団で、ぐっすり眠り込んでいた。

「こんなんだったら、正さんが嫁にと言ってきたとき、結婚したほうがまだ良かったかね」

「そんなこと言って、親子ほど年が違うと反対したのは母ちゃんでしょう」

「それに無事引き揚げできたかどうかもわからないのよ」

「正さんならフキ子を大事にしてくれたよ、きっと」

ココは寝返りを打ち、大人の話が聞こえてきていた。どうもあんちゃんの話をしているらしい。聞いてはいけない話。四歳にしかなっていないのに、大人の中で育ったココは微妙に早熟だった。聞こえないふりをして眠りに落ちた。


あの日の夕方、いつもなら夕飯の支度に家族は家に帰ってくるのに、今日は誰もいない。母ちゃんが慌ただしくココを呼び、念を押す。

「これから夜なべをして豆を刈り終えなきゃならないの。台風が来るからね。ココ一人で留守番していなさいね」

こくりとうなずいた。簡単に受け止めていた。外はまだ明るい、家で一人で過ごすのは慣れていた。一人遊びが好きだったから。新聞紙で折り紙をしたり、絵を描いて遊んでいた。でも一人はやっぱりつまらない。

周りはどんどん暗くなっていく。夕焼けが西側の空を染める。防風林のシルエットがくっきり浮き上がり、天国とかあの世とかは、こんなふうに美しいのだろうか。台風は本当に来るのかしら。風が出てきたみたい、太陽はするすると音もなく沈み、周囲から光が消え闇が急速に押し寄せてきた。

いつもは家族で溢れ、家の広さも気にならなかったが、いまはココが裸電球の下の居間に一人いるだけ。玄関にも、台所にも、座敷にも誰もいない。猫も犬もいない。母屋の近くには家畜小屋があったが、馬もいない。ココ一人だけ置き去りにされていた。

最初は、もう少し、もう少しで帰ってくると自分で自分を宥めていたが、外の暗闇で心細さが増幅され、ココの心は限界になってきていた。ついにココの目から大粒の涙が溢れ、号泣が始まってしまった。泣いても泣いても誰も帰ってこない。一人がこんなに心細いとは初めて知った。そのとき、外でがやがや声が聞こえてきた。『帰ってきた！』胸が締め付けられるほど嬉しい。

「ココ、何泣いているの。ごめんごめん、帰ってきたよ。おかげで、豆も無事に『にょがけ』が終わったから、安心だわ」

ココはみんなの顔を見て泣きじゃくりながらも安堵した。『良かった！　みんないる！』一人ぼっちは辛いものだ。

父ちゃんが体調を崩し、東京の大学病院まで診察してもらいに上京したが、結果は急性のがんだった。すでに末期、手術も無理との診断で、苦しみながら半年で亡くなった。その間、母ちゃんが献身的に看病したが、父ちゃんが亡くなったことが堪えたのか母ちゃんも腎臓を悪くして入院してしまった。

すでにあんちゃんは二人の年子の親になっていた。父ちゃんが亡くなり、責任が重くなった。朝早くから遅くまで、夫婦でよく働いた。子どもは畑の隅で遊んでいた。姉二人は嫁に行き、三男坊の三あんちゃんも就職して、家を出ていた。残っているのは農業高校に通っているすぐ上の姉と中学生になったココだけ。畑仕事はもっぱら夫婦二人で頑張るしかなかった。父ちゃんは自分が病魔に侵されているとは想像していなかったから、離農した農家から畑を買い、作付け面積を増やしていた。あんちゃんは出面《でめん》という臨時のアルバイトを雇い、何とか乗り切った。やっと秋の作業を無事に終えた。そんなとき、例の代用教員だった女教師が、隣町の小学校に正規の教員として採用されてきた。校長の引きで採用されたようだった。

あんちゃんは未練が残っていたので、我慢できず会いに行ってしまった。雪がちらつき始めた初冬だった。自転車で二十キロを走った。

約束もなく、突然訪れたあんちゃんに女教師は呆れ、罵詈雑言を浴びせた。自分には好きな人がちゃんといる、もうすぐ結婚する。何と相手は校長だという。校長が離婚するのを長い間待ち続け、あまりに態度をはっきりさせない校長への当てつけに、あんちゃんに色目を使い、校長の気持ちを確かめたに過ぎないとまで告白された。俺はいったい何だったんだ！　やり切れない怒りに立ち飲み屋で泥酔するまで飲み続けた。雪のちらつく夜道を自転車でふらふら蛇行しながら家路に向かう。あと数キロで家というところにある小さな川で、あんちゃんは自転車ごと橋の下に落ちていった。水は凍りつく寸前で、酔いのために痛みはわからなかった。通りかかった馬車に発見され、命だけは助かったが、凍傷と骨折で全治二カ月の重傷を負った。足は治ったが、歩行には後遺症が残った。足の指を二本失った。頑張ってリハビリを受けたが、以前のようには働けなかった。

畑を広げていた。フキ子さんは春からの畑を心配し、耕作してくれる人を探して畑を貸し出した。残りの半分は家族で耕作を続けることにした。フキ子さんの実家の両親も老いた身体に鞭打って、応援に入ってくれた。息子もあと数年で高校生になる。それまでの辛抱だと決めたのだった。あんちゃんも自分のせいで老親が助けに入ってくれるので、文句は言えず、おとなしく従った。

そしてフキ子さんには心から詫びた。

母ちゃんは前年の暮れに亡くなり、ココはもうすぐ中学を卒業する。二あんちゃんを頼って東京で働くことにした。故郷を思わぬ形で去るのは寂しく辛かった。

あれから何と六十年もたってしまった。セピア色の写真に写っている家族は駒子さん以外すでに誰もこの世にいない。あの夕暮れの留守番のときと同じで駒子さん一人がこの世に残された。老いるということは孤独との戦いだ。親しい家族友人が次々と、この世を去る。周りには駒子さんの孫のような年齢の人ばかり。テレビも新聞も最近の出来事はわからない。ましてITなんて宇宙人の話だ。それでもここで頑張って生きてゆくのだ。

「あんた、きれいだねえ」

美佐さんお決まりのセリフが出た。隣部屋の美佐さんは認知症があり、じっと顔を見つめ、納得したような目をしてひとこと言うのだ。

「あんた、きれいだねえ」

言われたほうは最初びっくりする、が思わず笑ってしまう。誰にでも「あんた、きれいだねえ」と感心してみせるが、ちゃんと計算してわかっていて言ってるのじゃないかしらと思うくらい、グッドタイミングなのだ。すみれ苑でもご多分に漏れず、症状の軽度重度によっていじめもどきが利用者の間で起きることがある。ヘルパーさんの目が行き届かないときには子どものような意地悪もある。でも美佐さんにはいじめがない。不思議だ。

「駒子さん、花札やろうよ」

男性二人からお誘いがかかる。

「私、今日吉日だから、一人勝ちかもよ」

「駒子さんの吉日はいつもあてにならないけどなあ。夕飯のデザート賭けようか」

この部屋からは富士山がよく見える。まだ外は明るい、富士のシルエットが美しく見えるにはまだ数時間必要だ。富士山の手前には黄金色に輝く畑が広がる。あの夕暮れの留守番のときと同じ。いまは独りでも空の向こうには父ちゃんもあんちゃんも家族みんなが私を待っている。向こうも夕餉の支度などで、大忙しにしているだろう。

湖上の鈴音

北国は凍てつく冬が長い。しかも春から夏、秋の季節の移ろいは走り抜けるが如く早い。もたもたしていると季節に置いていかれる。季節に追われるように働き、霜の降りる前に農作物の収穫を終えると、それでやっと一息つける。今年は昨年の凶作に比べればまあまあの収穫か。ハルは八人兄弟の長女、十九歳だが、母親代わりとしてよく妹弟の面倒を見てきた。貧乏人の子だくさん、近所もどんぐりの背比べ、似たような貧乏暮らしの村。年寄りから子どもまで家族全員、大勢の人手で農作業をこなす。種まき、草取り、刈り取り、脱穀と、畑仕事は自分たちでまかなうのが基本。力仕事は農耕馬が大事な働き手、ほかに鶏やめん羊などの家畜も多少飼い、このころラジオや新聞で神武景気と甘い夢のような話が出始めたが、ハルたちの暮らしには何の影響もしてこなかった。

ハルは芯の強い娘だが、派手なことは好まず、何でもコツコツと仕上げるのが好きなタイプ。畑仕事のない冬場には洋裁や編み物などの習い事もしてきた。手芸など物をこしらえることが得意で、どんな小さな生地でも大切に取っておいた。いままではそれがハルの唯一の楽しみだった。

ハルは二十二歳になった。今日は定食屋の二階で初めてのお見合い。相手が来るのを待っている。いままでにも見合いの話はたくさん来ていたが、女手が足りないため、親に代わり妹弟の世話をしてきた。おのずとハルの結婚話は後回しにされた。今年の二月、長兄が嫁をもらって女手も増え、両親もハルを嫁に出そうと、やっと本気になった。

秋の収穫を待って早速見合いの席が用意された。ハルは相手に対して特別な高望みはなかった。見合いの相手は農家の長男で弟や妹が大勢いるらしい。ハルの母親はそんな家に嫁ぐのは心配と乗り気になれない口ぶりだったが、ハルはそんな苦労なら、平気だと思っていた。

「かっこつけて背広なんか着てくるような男なら、わし、好かんなあ」

ハルは地味な自分を自覚していたから表面でちゃらちゃらした男は好かんと自分なりに男を選ぶ心づもりがあった。

「遅くなってしまって、すまんことですの」

仲人の挨拶とともに若い男が身を小さくして和室に入ってきた。

若い男は背広ではなくねずみ色のカーディガンを着ていた。ハルは自分の思いがかなった分、好意的に若者をこっそり覗き見した。真面目そうな、そこそこの男前で、落ち着いて畳に手を突き、頭を下げていた。

それが野田峯司との出会いであった。峯司のほうは、色白でちょっとエキゾチックな雰囲気をただよわせているハルを一目見て、好感を抱いた。

若い二人で外に出ることを勧められ、行くところもなく、とりあえず近所の甘味屋に入った。おしる粉を黙々と食べ、しばらく二人ともだんまりが続く。すると峯司は汗をかきながら意を決して、ハルを見つめ切り出した。

「こんなこと言っていいのか、わからんのだけれど。どうか、この話、すぐには断らないでじっくり考えてほしいのす。俺、甘い言葉よう言えん。でも、あなたなら喜んで待ってます」

峯司はハルを嫁にしたいと思った。ただおとなしそうな女性というだけでなく、地味な姿なのにほかの女性とは少し違う。心構えとでも言おうか目に力があり、妙な安定感、頼もしさを匂わせていた。ハルは峯司が見つめると頬を染め、農作業で荒れた手を片手でこすり、恥ずかしそうにしてうつむいた。峯司の言わんとすることが伝わり、峯司の目を見つめてから下を向き、頷いていた。ハルも心の中でよろしくお願いしますと何度も言っていた。

祝い事は農作業のない冬になる。ハルと峯司の結婚式も寒の二月に行われた。この時代の結婚式は、生家から花嫁衣裳姿で出す。鬘《かつら》の高島田に角隠し、振袖に打掛を着て、幌付きの馬橇《ばそり》に嫁入り道具一式と花嫁が乗り、嫁いでいく。こんな昔ながらの結婚式もハルのころで最後になり、田舎でも式場を借りるようになった。

氷点下二十度にもなるこの北国では湖も凍り、馬橇で氷上を渡ることができた。嫁ぎ先は湖の反対側になる。馬の首に鈴をつけてシャンシャンと鳴らしながら近道をし、急こう配の「馬殺し坂」と言われる坂道を馬橇三台が一気に登っていく。御者の男は大声で皆に注意した。「花嫁さんを転がすなよ、縁起が悪いからな」と、冗談とも、本気とも取れる声が飛ぶ。氷の湖を渡り、馬殺し坂を越え、ハルは峯司のところに嫁いでいった。見合いをしてからわずか三カ月というスピード結婚は、姑のツタの体調が心配されていたからでもあった。

当時は新婚旅行に行くという習慣は農村にはなく、嫁いだ翌日から嫁の仕事が容赦なく待っていた。朝の四時には起き、ストーブに火をつけ、ご飯を炊き、掃除を済ませ、家族が起きてくる前に食事作りを終えるのだ。

家族全員のご飯をよそい、素早く自分の食事を済ませ、食卓の後片付けをさっさとこなす。

農家の嫁は手品師並みの速さで仕事を進めなければならなかった。

あまりの辛さに実家に泣いて帰る嫁の噂話は後を絶たない。

「またあそこの嫁は実家に泣いて帰ったらしいやね」

「姑も亭主も畑仕事を休めないと冷たいものらしい。実家の親に説得され、連れ戻されてきたらしいやね」

「子どもだっているんだ。辛抱しとき。このくそ忙しい季節にお騒がせなことだ」

しかし、ハルはどんなに辛くても決して実家に泣いて帰ることだけはすまいと決心していた。実家に自分の居場所はない。辛いときは寒い夜空を見上げて、流れる涙を乾かしてきた。嫁いだこの家が唯一自分の家だと心している。婚家は客の多い家で、始終、誰かが茶の間でお茶をしていた。ハルはもてなしがうまいというか、客から気を抜かない。お茶が切れたら、すっと新しい温かいお茶を注ぐ。客は居心地が良いがハルはしんどい。それでもハルは愚痴をこぼさない。このもてなしが自分の身に付くまでの辛抱だと決めている。

やがてハルは子どもを授かった。忙しい農家の仕事に追われながら、妊娠してつわりがひどく難儀をした。

「義姉さん、無理するなや」

農業の定時制高校に通う年かさのいった義妹や義弟が、夏場は授業が少なく畑仕事をしながら優しい声をかけてくれるのが救いだった。

畑は時間を待ってくれない。お天気次第。その時期を逸してしまうと収穫は望めない。

いまが踏ん張りどき、この山を越さないとと、身をかばいながらも無理をした。少しくらいの無理なら大丈夫と高をくくっていた。ほかの人に負けず劣らず働き続けて、夜半に激痛、流産した。翌年も妊娠して、安定期に入る前に再び流産してしまった。二度続けてお腹の子をだめにしてしまい、心身ともに落ち込んだ。陰で嘆く舅姑の話を聞き流そうとしても、不甲斐ないとハルは泣けた。

「俺たち若いんだ。すぐできるよ」

峯司がしきりになぐさめてくれる。

そんな辛いことがあった暮らしの中でも、ハルはいま与えられている環境の中で楽しみを見つけるのがとても上手だった。野に咲く花を摘み取り、窓辺に一輪飾り、残りを押し花にした。山菜を摘むのも楽しみで食卓が潤った。残りは塩漬けにして冬に備えた。北国では漬物は大事な備蓄食品で、長い冬、大根などの野菜を漬けた「おこうこ」はお茶うけの必需品。秋も深まり霜が降りるころには山で野ブドウやこくわが熟し、手作りのワインが貯蔵された。

天候不順で収穫が厳しい年が二年続けて北の大地を襲った。例年の半分くらいしか見込めない作物もあった。そんな中、不思議と峯司の畑の被害は少なく、例年並みの出来まで取り戻していた。雑穀の相場も上がり、一家にゆとりができた。少しは家族を楽にさせたい。舅から財布を任されるようになった峯司は、家長らしく弟や妹の自立にも、就職や結婚など、金目を惜しまず気持ち良くお金を使った。そのことにハルは全く不満を持たない。兄弟の多い家庭に育ち、長男の役割を当然と思っていた。ハルは遠い親戚も近くの他人も大事に付き合う。いつ助けてもらうことがあるかわからないから。

三月が過ぎ、また新しい春が訪れ、近所の丘一面に北国独特の背の高い西洋たんぽぽが黄色の絨毯を作っている。ハルはたんぽぽを摘み、花輪を編んで冠を作っていた。二個石を並べて置き、そこにたんぽぽの冠を飾った。手を合わせて祈る。

峯司がハルに気づいて丘に登ってきた。何かを感じたのだろう、峯司も一緒に手を合わせた。

「お腹の子を守ってねって、お願いしたの。たぶん妊娠したと思うから。二人に守護神になってもらいたいでしょう」

「そうか、良かった。大丈夫だ。大事にしよう」

丘の周りには誰もいない。ハルをしっかり抱きしめてやりたい衝動が走った。だが、照れ屋の峯司はそれができない。肩をたたいて手を握りしめ、ハルの目を見つめていた。

その年の冬、ハルは元気な男の子を出産した。清治と名付けられ、めでたい春を呼び寄せていた。二度の流産の末にやっと恵まれた男の子だ。舅姑のかわいがりようは異常で、甘やかすだけ甘やかした。清治はすくすく育ったが、親が厳しくすると祖父母に泣いて逃げていく。病気がないのが何よりと多少のわがままも許してしまった。

清治を産んだ後は次々と子を授かり、年子で女の子を産んだ。一気に三人兄妹だ。村にやっと保育所が開設され、三人を預けて働けた。清治は最初集団生活になじめずメソメソしていたが、半年もするとすっかり慣れ、保育所に行くのを楽しみ始めた。ハルは過保護の祖父母から清治を離すことができ、ほっとしていた。そんな矢先、舅が倒れ、帰らぬ人となった。まだ七十歳前だった。仲の良い老夫婦だったから姑は落ち込み、一段と老け込んでしまった。近所の人が心配して顔を見せてくれる。ありがたいことだった。

なぜかハルの周りにはいつも人が集まってきていた。取り立ててお付き合いを広げているわけではない。ただ、聞き上手で他人の悪口は決して言わない。でもここぞというときにはじっくり考えて、はっきり言う。そんなところが頼りにされるゆえんだろうか。草花の種が岩の隙間に落ち、わずかの土にもかかわらず、けなげに芽を出す。与えられた場所で逞しく根を張り、そして美しい花を咲かす。どんな花畑に咲く花よりも美しくかぐわしい。どんなところに置かれても、懸命に咲きなさい。ハルはそんな性根の座った人だった。

結婚して十五年があっという間に過ぎた。大勢いた小姑たちも就職したり、結婚したりとすでに独り立ち、家を出た。姑も鬼籍に入り、ハル夫婦のほかには末の弟・渉が事故で足を骨折し、養生がてら畑を手伝ってくれているだけ。清治はもうすぐ高校生になる。最近は後継者の自覚を現し、「俺に任せて、俺が決める」の言葉が増えてきた。

しかし、近所では離農する農家が後を絶たない。人手は減り、離農する農家の土地を買い取るから耕作面積は増える。トラクターなどによる機械化は時間の問題だった。峯司も老馬を抱えていたが、今年を最後にトラクターに変える心づもりをしている。

今日は秋蒔き小麦の畑起こし。老馬を使いプラウで晴れ間のあるうちに畑起こしを済ませたい。しかし、峯司は昨夜、部落の会合があり、役員も引き受けていた。飲めない酒を飲み、二日酔い。頭を抱えて寝ている。最近余裕が出てきたのか、やたらと飲み会が増えた。

「ハルさん気をつけな。峯司さん飲み屋の女将と仲良く歩いているとこ見ちゃったから」

近所のお節介なおばさんが通りすがりに意味深に忠告する。

「腹塩梅《はらあんばい》が悪い」

峯司が酔いつぶれ、脱ぎ捨ておいた背広を乱暴にハンガーにかけてきた。峯司を信用はしている。が、いままで真面目に生きてきた分、たまには羽目を外したい年齢なのだろうか。話を聞いていた渉がなぐさめる。

「女房妬くほど亭主モテもせず。兄貴には姉さんしか見えていないよ」

ハルは笑って応じたが、そんな渉の足はまだ本調子ではない。畑起こしはハル自身がやるしかないと判断した。

畑起こしの機械のプラウは仲間から借りてきたもの。自分の家のものは修理に出さないと使えない。トラクターを買おうという話を進めているときに、いまさら修理代はもったいないよと近所の農家が貸してくれた。でも明日には返さなければならない。

やむなく、ハルが老馬で畑起こしをしようと始めたとき、峯司が冴えない顔で出てきた。

「俺がやるよ」

「大丈夫？　辛そうだけど」

大仰に頷くと小一時間、峯司は大汗をかきながら、やれやれもう少しで起こし終わるところまで頑張った。しかしそのとき、突然、土煙を上げながら走ってきたダンプカーが派手にクラクションを鳴らした。それに老馬は驚いてしまった。立ち上がって畑から足を踏み外し、崖をプラウごと馬が落ちていく。畑から十メートル先は掘割の崖で、その下に道路が走っていた。峯司も不意を突かれ、避ける間もなく引きずられて顔から転倒し、五メートル下の道路の側溝まで落ちた。トラックの運転手の知らせで渉が救急車を呼んだ。峯司は内臓破裂と複雑骨折で重体だ。当面集中治療室で容態が安定するのを待つことになった。一緒に落ちた、長年働いてくれた老馬も骨折をして、結果殺処分せざるを得なかった。

近所の人や親戚の応援をもらい、何とか畑仕事は追いついたが、峯司は一カ月入院し、自宅で二カ月は養生となった。

ケガでお金がかかった。治療費や応援の人手に賃金も払った。少しでも稼ぎたい。ハルはオート三輪に鶏卵や果樹園のリンゴやナシ、畑のカボチャやイモを積み、渉と一緒に街に引き売りに出かけてみた。土日の朝いちばんだけ、一軒一軒訪問して売り込むことに。訪問販売などしたことがないので、客の玄関先で怖気づく。二度三度ためらってやっと声をかける。

「あのー、おはようです。野菜持ってきたけど……どうでしょうか？」

不審に思った家人が玄関に現れる。

「わし……、野菜や卵やってます」

じわりと汗がにじむ。

「今朝採ってきたです。外のトラックにあるので見るだけでも？」

家の奥さんに怪訝な顔をされながらも、要領を得ない子どものような話し方で赤面しながら懸命に売り込む。

「外にあるの？　待って、いま行くから」

やってみるものだ。最初の奥さんはつたない売り込みにも応えてくれ、たくさん買ってくれた。上手に話すことはいらないのかもと、ハルは自信をつけた。その後は腹を決め、次々と訪問し、半日もしないうちに売り切った。三カ月もしたら、お客さんに手伝ってもらいながら、結構良い商売になった。

評判を聞きつけて農協の店でも扱ってくれ、毎朝品物を届けた。おかげで早々に借金を返し終えた。トラクターで農作業ができるように土地の均平作業を急いでやった。

そのころ渉は離農した農家一軒分の土地を購入し、嫁をもらって分家しようと準備していた。トラクターも増やし、離農した農家から農地を次々と購入していく。農協の借金も増えたが、家族も増えた。渉が計画通り一軒分の農地から分家としてスタートして、結婚もしたのだ。

相手は再婚で女の子を連れていた。元銀行員という変わり種だったが働き者だった。

渉夫婦はハルにとって心強い相談相手になった。

一年経って峯司がやっと畑仕事に本格的に復帰できるようになった。でも無理はできない。ハルが力仕事をしゃにむにこなした。おかげで夜はよく眠れた。夕飯の用意も娘二人が気を使い部活を早めに切り上げて手伝ってくれた。やがて清治が同級生と結婚し、孫ができるまでは野菜や手芸品の出店を続け、新たな農協からの借金を減らす資金の足しにした。

冬場は一面雪に覆われ稼ぎにならない。峯司は思い切って内地の工事現場の出稼ぎにほかの部落の人と一緒に行ってみることにした。ハルも近くにあるホタテの加工場に朝早くからアルバイトに出てみた。二人とも一日でも早く借金を返し、少しでも耕作面積を増やして後を引き継ぐ子どもたちに残してやりたかった。

清治夫婦に子ができた。それを機に野菜の出荷は清治夫婦に譲ったが、近所に道の駅ができ、野菜や手芸品の売り上げも馬鹿にならない。特にハルの作る軍手の指人形や絣で作った荒巻鮭の飾り物、かわいい雛人形などは、観光バスが停まるたびに注目を集め、人気でよく売れた。

ハルはついつい根をつめて手芸に精を出し、どれだけ疲れていても針と糸を持つと元気が出てしまう。だから夜遅くまで作り続けてしまった。

北国の農家は夫婦が力を合わせて作業をしないと成立しない。トラクターを何台も用意して、お天道様と競争で仕事を進めている。だから農家のお嫁さんは車の運転から機械の取り扱いまで、男性並みに理解してこなさないと務まらない。まさに夫婦二人三脚。子育ては保育所にお願いするが、送り迎えもじいちゃん、ばあちゃんの仕事になる。

今度はハル夫婦が孫を育てる番になった。

男の子一人と、女の子二人、三人いる孫がかわいくてならない。「めんこいんだあ」がハルの口癖。そのくせ、しつけは結構厳しい。何度注意しても言いつけを守れないときは、痛いげんこつや、この手が悪いと思いっきりつねる。しょっちゅう叱っていた。

「ばあちゃんはふだん優しいんだけど……怒ると、痛い」

孫たちは口をそろえる。手が早いのだ。でもやっぱり孫には甘い。孫の帰りに合わせて、お饅頭やらトウモロコシなど、お腹を満たせるものをいつでもこしらえて待っている。ばあちゃんのぬいぐるみは孫にも人気。クマやキリンが得意で孫たちはでき上がるのを待っている。

大人になっても孫たちはばあちゃん子で、恋人ができると母親より先にハルに紹介した。公認のばあちゃん子なのだ。ハルは子にも孫にも過分な期待を寄せないようにしている。元気なら良い。生きているだけで丸もうけと思うのだ。いまの社会は複雑だから、簡単に挫折してしまう。本人だけが悪いわけではない。家族は寄り添うしかない。

ある年のこと、農協の集まりで毎年旅行が企画されているが、いままでハルたちは参加したことがなかった。珍しく峯司が一緒に行こうと誘った。今年は豪華に沖縄だった。初めて出かけた夢のような楽しい旅。沖縄の海はスカイブルー、竜宮城にいるような初めて見るサンゴ礁、自分は浦島太郎になってしまったのかと錯覚を抱いた。日本は広い。北海道の北の端から、南国の沖縄、言葉も食べ物も文化も違う。長生きはするものだ。良いことがある。ハル夫婦は自分たちの健康に感謝した。

しかし、旅行から帰ってきてしばらくすると、ハルの体調がおもわしくない日々が続いた。八十歳、無理もない。ヘルニアで高齢ですからと医者はなぐさめるが、痛み止めを飲んでしのいでいる。その後も入退院を繰り返していたが、体調が良さそうな日にドライブがてら近くの温泉に行こうと峯司が外に連れ出してくれた。

網走湖の湖畔にあるキャンプ場。遅いお昼ごはんに、おにぎりとトウモロコシを簡易コンロで焼いて醤油をかけた。

「焼けた焼けた。うまそうだぞ。たまには外もいいべさ」

峯司の声が聞こえなかったのか、ハルは湖の岸をぼんやりと眺めている。

「いま鈴の音が聞こえなかったかい？」

「なんも聞こえんぞ」

「いやーだ、懐かしくって、空耳？　気のせいだね」

峯司が呆けたのかとハルの顔を覗く。

「ここからだわ、幌馬橇《ほろばそり》で、氷の上を渡ってさ。近道したのさ。シャンシャンシャンシャン馬の鈴鳴らして、雪降る中、嫁に来たんだ」

ハルはうっすら涙を浮かべ、想いにふけっている。

峯司もハルの顔を見てもらい泣き、隠れて涙した。結婚してもう六十年以上になる。楽しいこともたくさんあったが、もうだめかと思うような厳しいこともいくつもあった。六十年なんて長いようであっという間、二人は八十を超えた。

「日が陰ってきたら少し冷えてきたな」

峯司が車の中からカーディガンを取り出して羽織った。

「懐かしい」

ハルは思わず手を止めて峯司の姿を見つめていた。

「なんかおかしいかい」

怪訝に思った峯司は自分の姿を眺め直す。

「丁寧に着ているから、貫禄付いたわ、そのカーディガン」

「ああ、あんたが見初めてくれたカーディガンだもの、大事に着てるべさ」

峯司とハルはお互いに照れ笑いをした。しかし、峯司は決してハルには明かせない重大なことを胸に納めていた。

ハルに元気がないので、温泉には泊まらず早めに切り上げ、帰りは看護師の長女・ミユキが同行してくれた。温泉から帰ると、毎日のように顔を見せ夕飯を一緒に食べていくひ孫たちが二人の帰りを待っていた。ハルがソファに腰かけると男の子の淳がハルめがけて飛び込んでくる。ハルは三年前に心臓の手術を受けていた。峯司が慌てて中に入り受け止める。

「ばあば、お土産は？」

「温泉饅頭があるよ」

「アイスのほうがいいなあ」

「スイカが冷えているから、スイカにしたら」

「いいよー」

ハルはひ孫たちが食べ残した饅頭やスイカを丁寧に冷蔵庫にしまう。

「もったいない」「いたわしい」がハルの口癖。何でも一度に捨てることはせず、何かに使えないか試してみるのだ。

ハルが「いたわしい」と、肉体労働に鍛えられた手の中にある物を見ると、ほかの人にはない深い愛情がこもっているように感じるから不思議だった。ハルの「いたわしい」はもったいないのか、愛おしいのか、その両方なのか、ハル独特の言葉だった。

あらかた用事が済むと、楽しみにしていたパッチワークの作業も手がつかず、ハルは布団に入った。峯司とミユキは心配顔で見守った。

「余命宣告から半年過ぎた。頑張れる」

峯司は内心諦め切れずに期待を抱く。本人には伏せていたが、ハルは末期のがんだった。高齢で手術には耐えられないし、全身に転移していた。見舞客が次々顔を見せる。ハルは元気を装っているが、客が帰ると「こわい（疲れた）寝るわ」とすぐ横になった。

それから一カ月後、家族に見守られ、ハルは静かに逝った。

市の斎場。大勢の弔問客が集まって、ハルの葬儀がしめやかに執り行われていた。覚悟してはいたが峯司も別れは辛かった。思い出の品々をお棺に納め、たくさんの野の花も入れて出棺、火葬場に来た。子も孫も、ひ孫も、家族が最後の別れに涙する。

「皆さん、ここが最後のお別れになります。合掌してください」

斎場の担当者が火葬の窯に移動させようと、お棺に手をかけ、いま、動き出そうとしたその瞬間、

「大ばあちゃん！」

天使の大きな声。清んだボーイソプラノが火葬場の天井に響きわたった。

ひ孫の淳がハルのお棺に向かって叫ぶ。

「大ばあちゃん！　ありがとうな！」

雷に打たれたように、その場にいたみんなの、胸に響いた。

そして「ありがとう！」の大合唱になった。

ハルは静かに窯に納まり、湖から千の風になって大空に昇っていった。

「シャンシャン、シャンシャンシャン」

峯司には幌馬橇の鈴の音が聞こえた。

交差点

真夏の昼下がり、ローカル線の秩父鉄道、波久礼《はぐれ》駅に睦子は降り立った。叔父の話では訪問先は駅の近くで、橋を渡ると青い瓦屋根ですぐわかるとだけ教えられ、重い気持ちで、手土産を携えここまで来た。降りた乗客は睦子一人だけ。駅前はシャッターのおりた食堂と人家が数件ある以外に何もない。駅そのものも無人駅かと思わせる静かさだ。真夏の太陽が容赦なく照り付け、睦子の心を一層重くする。

叔父は駅を出て、少し広い道に出たらすぐわかると話していたが、それらしき家は駅からは見当たらない。線路に沿って川が流れ、大きな橋が架かっている。橋の向こう側なら神社もありそうだと睦子は日傘を広げ、橋に向かって歩き出した。

この辺りは鮎飯が有名らしい。ゆっくり橋の歩道を歩いていた睦子は川面に視線を移すと、思案する風に立ち止まり、水面を眺める。水嵩は十分だ。ゆったりと流れているかに見えたが、凝視すると勢いに気を呑まれるほど速かった。ゆるやかに見える川の水も、立ち止まって上から眺めると、恐ろしい勢いで移動している。思わず吸い込まれそうな錯覚に陥った睦子は大きなため息をつき、気を取り直す。

今日の訪問を無事終えること。それが問題解決の最初の大切な道程だ。

橋を渡り終えると多少広い通りに出た。何の変哲もないただの田舎道。神社の鳥居とその奥に狛犬が一対鎮座しているのは見つかったが、訪ねるべき青い屋根の家は見つからない。交差点の反対側、家の前の道路に打ち水をする女性がいる。地元の人に尋ねるのが一番早いかもしれない。

「恐れ入りますが、お尋ねします。白髪神社の宮司さんのお宅を探していまして、この辺と聞いてきたのですが……」

バケツの水を撒き終わった女性は、宮司を訪ねてくるお客とは珍しいと言いたげに睦子の顔を見つめ、ゆっくりとほほ笑んだ。かなり高齢と見える女性だった。

「その通りの五軒先の細い道を入ると、三峰さんという宮司さんの家がありますよ」

ここから青い屋根は見えないわけだ。隣の家の竹藪が生い茂り、百日紅の花が満開だった。叔父は冬枯れの季節に来たのだろう。

「ありがとうございます」

睦子はお礼を言いながら、腕時計で時間を確認した。約束の時間まで一時間以上まだ余裕がある。慣れない田舎の鉄道で遅れるのが嫌で、早めに出かけてきた。

おかげでたっぷり時間がある。

「この近くにお茶など飲めるような処はありませんか？　早めに着いてしまって」

陶芸か何かの仕事をしているのだろうか、水を撒いていた女性は作務衣を着ており、頭には日本手拭いを姉さんかぶりにしていた。睦子の話に目ぱちくり、うーんと思案した。

「田舎にはそんな洒落た処はないからうちで涼んでいらっしゃい。ちょうどいい、話し相手が欲しいと思っていたところなのよ」

と突然の誘いを持ちかけてきた。

女性は睦子の返事も待たずに玄関の引き戸を開けて、建物の中に戻っていった。睦子も後から続くと、広い三和土《たたき》の玄関があった。習い事の教室なのか、げた箱が壁を埋めている。土間の真ん中に一台のテーブルと折りたたみ式の椅子が四つ。簡単な来客なら、ここで応対するのだろうなと見えた。

「そこに座って。ちょっと待っていて」

主《あるじ》はすぐに冷たい麦茶と水羊羹を二人分持ってきて、睦子に勧めた。玄関から見える奥の間は習字か何かの教室のようだ。板の間に机と椅子がグループ別に配置してある。

「大丈夫よ。生徒は三時過ぎないと来ないから」

とても初対面とは思えない気さくさで、お茶を勧めてくる。実は偶然、睦子の父も書道教室を開いていた。そのせいか、この建物に懐かしさというか、肌にしっとりなじむというか、他人の家のような気がしない。

いただいた冷たい麦茶もおいしかった。

「白髪神社の奥さんもここの生徒さんなの」

「書道を教えてらっしゃるんですか」

「そう、そろばんもね。何でもやらないといまどきは食べていけないじゃない」

主は他人事のように、ひょうひょうと話す。

「代書みたいなこともやるのよ。ご朱印やお札なんてアルバイトでけっこう上手に書くわよ」

とケタケタ笑った。この人柄なら何でもできそうだ。秩父は巡礼が有名だから、仕事には困らないだろう。彼女は加代といい、秩父が好きで、不便を承知で親子代々住み続けていると言った。

「あのご夫婦は世話好きだから、仲人なんてたくさんしているのよ。あなたもそのくちかな？」

さも、さりげなく、軽く個人的なことに話を振ってきた。イヤではなかった。抱えている重い気持ちをいまは少しでも軽くしたかった。

「実はそうなんです。難ありで、お詫びに来たんですけど……ちょっと敷居が高くて尻込みしているところだったんです」

「あらあら、それは大変ね……。お若いのに。ご自分で伺うとは大したものだわ」

睦子はそんな言葉にさえ感極まって、つい涙を浮かべてしまった。自分が涙を流してしまったことに慌てたが、余計感情が高ぶり涙は止まらない。知らない女性の前で、ほろほろと涙を流してしまった。

「人間どうしても結婚しなくちゃいけないわけじゃなし、一度や二度の躓きはご愛敬よ。あなたのことかしら？　あなたなら大丈夫よ！」

何も事情を知らないはずの加代が訳知り顔で慰めてくれる。不思議な心持ちになった。でもなぜか嬉しい。今日まで、ただ一人で苦しみを抱えてきた。本来なら私は被害者だ。でも家族のことを考えると、解決できるのは、いまは自分しかいない。何度も自問自答して行動を起こしているのだ。

「これ飲むと心が落ち着くわよ」

加代が温かいコーヒーを煎れて持ってきてくれた。濃いめのブレンドだ。香ばしい匂いが喉をうるおし、気持ちを落ち着かせる。

「妹がつわりがひどく、家で養生しているんです」

睦子は涙の訳を話す気になった。いままで誰にも話せなかった身内の裏話。洗いざらい加代に聞いてもらいたい。この女性なら話をしても大丈夫と、衝動的に判断していた。

妹の相手は何と睦子の婚約者、光男だった。

睦子は友人の紹介で光男と知り合い半年前に婚約、来春結婚式の予定にしていた。彼の勤め先は三流大学、しかも地質学という地味な研究ながらそろそろ准教授の候補に挙がってもおかしくない年齢だった。研究内容と同じで彼も無口、真面目が取り柄の青年で、仲人は白髪神社の三峰さんにお願いし、結納も済ませていた。婚約した気安さから光男は毎日顔を出し、家族と一緒に夕飯を食べていた。

妹は咲子といい、容姿も学校の成績もトップクラスで、すれ違った人が振り返るほどの美貌の持ち主だ。言い寄る男性も大勢いて、相手に不自由はしていなかったはず。それに引き換え睦子はお世辞にも美人とは言い難いおかめ顔、スタイルも典型的な日本人で胴長短足、丈夫が取り柄の平凡な女性だ。私が勝てるものは何もない。

しかし咲子は睦子の大事にしているものをなぜか欲しがった。そして洋服でもアクセサリーでも咲子が身に着けるとよく映えた。自分は姉だからと、妹のわがままを素直に受け止め、譲ってきた。それが睦子の婚約者にまで及んだのだ。咲子の体調不良が妊娠のせいとわかり、しかもすでにかなりの月数になっていて、中絶は考えられなかった。

事実を知った両親はショックを受け、父親に至っては倒れてしまった。

なぜ光男なのか、睦子が問いただすと咲子は開き直り、睦子の知らなかった睦子の出自の秘密を暴露し投げつけてきた。

「あなたは私たち家族の中ではただ一人他人なのよ。父も母も末妹の菜々とも血のつながりはないわ。つまり養女ということ。里子だったのよ！」

睦子の実の父親は現在の養父の親友だった。西日本をおそった大型台風で睦子の両親は亡くなった。偶然一人助かった睦子を、結婚後五年たっても子どもが授からない養父母は里子として育てることにした。二年目には養女として入籍した。皮肉なことにその年に養母は咲子を妊娠した。出産して二年後にはもう一人、菜々にも恵まれた。

養父母は三姉妹を分け隔てなく育てたいと、睦子が養女であることを隠し通してきた。血液型も全員A型で矛盾はない。戸籍抄本などが必要なときは先に封をして睦子が見ないようにして渡してきた。のんびり、おっとりの睦子は下の妹二人が美貌、成績で群を抜いていても気にもせず、おおらかに育っていった。

「隣の芝生は青く見えると言いますから、婚約者も欲しくなったのかもしれません。でも妹に対して自慢できるようなものは私には何もないんです」

加代は黙ってうなずくだけ、ただただ話を聞いてくれる。

当事者であるはずの光男を責めてもうつむいて謝るだけで何の役にも立たない。養父母も咲子もいまは大事なときだ。睦子は悲劇のヒロインではいられなかった。

睦子は自分の恨みつらみを完全に脇に置き、養父母の気苦労を軽くし、何より生まれてくる新しい命の幸せを最優先しようと決めた。

「いまは妹が安心して出産できること、父が回復して仕事を再開できること、それのみを願っています。妹に婚約者を寝盗られたというのに、妹を恨むことができない。妹がかわいいんです。どうしてこんなに冷静でいられるのか、自分は何なのでしょう。本当は私が一番薄情者なのかもしれませんね」

本来なら妹を八つ裂きにしてと怒るべきなのだろうが、自分はどうあれ咲子を不幸にすることはできない。本音でかわいいと感じている。自分の光男への想いはそんな程度の打算的なものだったのだろうか。

「自分を責めないで。あなたは何も悪くないわ。しんどかったわね。よく頑張ったわ。でもあなたの選択は間違っていない。似たようなことはあるものよ。私も似たような人生なの。私の場合、相手は義母だったけれど。駆け落ちされたわ」

加代は睦子を強く抱きしめ、優しく背中を撫でてくれた。加代の腕の中は温かく心地よかった。睦子は生まれて初めて思いきり泣けた気がした。ずっと良い子で我慢してきていたのだろうか。

三峰さんとの約束の時間になってしまった。丁寧にお礼を述べ、再訪する約束をして別れた。わずか一時間のことなのに加代は睦子を生き返らせてくれた。睦子の仲人を頼んでいた三峰さんは思いのほかすんなりと受け止めてくれ、咲子の容態も案じてくれた

帰るころには少し暗くなっていた。交差点にある加代の家には子どもたちが大勢いてにぎやかだった。挨拶していこうかと思ったが、忙しい時間に失礼だ。また日を改めてと駅に向かい、折よく入ってきた上りの電車に乗れた。

帰宅後の睦子は目の回るような忙しさだった。父親の容態が落ち着き、書道教室に復帰するまでに半年かかった。その間教えていたのは睦子だが、菜々が手伝ってくれた。菜々は虚弱体質で、頻繁に熱を出し、寝込むことが多かったが、誰も相談相手のいない睦子にとっては良き話し相手になってくれた。

咲子が無事男の子を出産し、母屋の隣の敷地に咲子夫婦のために2ＬＤＫの小さな家を増築し、母屋とは廊下で行き来できるようにつないだ。

加代の連絡先を聞いてなかった。ずっと気にしながらも雑用に追われ、落ち着

いてお礼をと思うまでに一年近く経ってしまっていた。

「私の好きな詩、お守り代わりよ。くじけそうになったら、これを見て力をもらってちょうだい」

あのとき加代は宮沢賢治の『アメニモマケズ』の詩を色紙に筆書きしたものを別れ際にプレゼントしてくれた。

背中を押すように渡された色紙だった。大事に卓上に置き、日々眺めている。


一年後の夏の昼下がり、加代と三峰さんの両方を訪問しようと駅に降り立った。加代の書道教室の建物が見える。はやる気持ちを抑えて、加代がいてくれることを願いつつ交差点まで来たとき、くだんの家は雨戸を閉め、「売物件」の看板がついているのが見えた。その後で立ち寄った三峰夫妻の話によると、加代は突然倒れ、帰らぬ人になっていた。半年前のことだ。加代には事実婚の夫がいた。十五歳若い彼は、いまは東京に引っ越してしまっていた。

「悩んでいる人を見ると放っておけない人でね。あなたのことも橋の上から水面を見つめる姿に不穏なものを感じて、気にかけて見ていたんですって」

あのときは私のほうから家を尋ねたのだと睦子は言った。

「あなたが声をかけてこなかったら、自分のほうから声をかけてみるつもりだったみたい。それほど、あなたが沈んでいたのね」

加代の寄り添いがなければ、今日の私はない。もっと自棄になっていただろう。

「加代さんと睦子さんは似たところがあるのかもしれない。書道もそうだけど、懐の深い情の厚い人だもの。加代さんの葬儀には大勢参列してくれたわよ。加代さんは白髪神社の狛犬さんの生まれ変わりかもね。邪気が入り込まないように見張ってくれている。守り神なのよ、きっと」

奥さんも加代を思い出し、涙を浮かべた。

加代に会ってお礼ができることを楽しみに来たというのに。形見にと渡された宮沢賢治の詩集を帰りの電車の中で胸に抱きしめ、睦子は涙をこぼした。

「あなたには、もっとすばらしい男性が現れるわよ。今度は心底惚れられる相手よ」

電車の振動に合わせ、加代の声が聞こえた気がする。

「加代さんのお相手は心底惚れた男性だったのね。きっと」

私もそうしようと誓った。一期一会、たった一時間の出会い。まさに神の巡り合わせとしか言いようがない。そして、それが人生を大きく変えた。

それから二年。睦子の教室に一人で筆を動かす青年がいる。睦子はしきりと青年を気にしてお茶を運ぶ。最近出入りするようになった植木職人のマイクだ。日本に植木の修行に来ている。書道にも興味を持ち、睦子の生徒として通ってくる。

そして睦子にしきりとプロポーズしてくる。彼の愛には自分が十一歳年下という年の差は関係ない。一途である。

——さてさて睦子さん、この愛をどうするの？　お幸せにね。

松吉の愛

松吉は親方からちょっと付き合えと声をかけられ、二人してタクシーに乗った。タクシーの中で親方は逡巡しながら、切り出した。

「松吉、言いにくいが、おまえ、左官屋には向いてないなあ」

三日前に弟弟子を殴ってしまったことを言っているのだろう。松吉は下を向いたまま、親方の言葉を待った。

「親父の時代は、丁寧にやりさえすれば褒められた。出来の良い土壁塗りができた。でもいまは、そういう仕事はもうない。時代が違うんだ」

松吉は車窓から、流れる街の明かりを無気力に眺めていた。親方の話はわかる。十五年前、集団就職で大勢の子どもたちが都会に働きに出てきた。いま、その子たちが適齢期を迎え、四畳半一間のアパートから家族で住める広さの住宅を求め始めた。国や自治体も賃貸住宅建設に力を注ぐが焼け石に水。広めのアパートから貸家、建売住宅といまや建設ラッシュ。都心から離れた埼玉県中部もその例外ではない。空き地に次々と安普請の建物が建設され始めた。

松吉は十三歳で左官屋の丁稚になり、すでに十七年。本来なら一人親方になってもおかしくない年季だ。しかし松吉の親方である浩二は頭を悩ませていた。松吉の仕事は丁寧なのだが要領が悪く、とにかくのろい。先代の親方に仕込まれて土壁塗りなど本格的な塗りも経験してきたが、いまのご時世にそんな仕事はない。安普請の建物にいくら壁だけ丁寧に塗っても時間の無駄。臨機応変、その建物の格に合わせた仕上げ作業が求められ、数をこなさなければならない。

しかしそれが松吉にはできなかった。それに無口で人が苦手、自分の殻に閉じこもるときている。年季ばかりあってもリーダーにはなれない。逆に後輩の足を引っ張ってしまうことも。左官の仕事は下塗り、中塗り、上塗りと、塗りと乾きの加減を見ながら仕上げていく。大きなものは組んだ相手とタイミングを合わせながら、つなぎ目やひび割れを起こさないよう気を遣う。松吉は黙々と作業をするが、ほかの人の半分くらいしか進まないことも。後輩が気を遣い、松吉の分まで仕事をした。だから誰も松吉と仕事を組みたがらない。

親方は、年季七年だが仕事も客の対応もできる武を松吉と組ませることが多かった。今回も貸家四軒の仕上げに二人を充てた。

武は結婚して子どもができ、保育所に預けている。武の妻は経理の仕事をしていたから、月締めは給料計算や決算で忙しい。そんな日は武が保育所の迎えを引き受けていた。松吉と組むのもそうすれば親方が早めに上がらせてくれたので、我慢して引き受けていたのだ。

松吉は相変わらず仕事が遅い。そのうえその日は妙なスイッチが入ってしまったのか、仕上げが気に入らない様子で同じところを何遍も鏝《こて》を使って平らにならしている。武のほうは二軒を終え、松吉に声をかけた。

「松さん、保育所の迎えがあるから、俺、これで帰らせてもらっていいですかね」

松吉の耳には武の声が入らないらしく、見向きもしない。仕方なく武は松吉の肩をたたいた。そのタイミングが悪かった。仕上げのモルタルを平らに塗ることに夢中になっていた松吉の手と鏝がわずかにぶれ、モルタルに歪みができてしまった。やっと満足のいくレベルで平らになったのに。松吉はカッと頭にきて武に殴りかかった。

「松吉やめろ！　何をしている！」

現場が気になり、ちょうど親方が顔を出したときだった。殴られた頬を撫でながら、武は親方に、これ以上は松吉との仕事は勘弁してほしいと言い残して帰っていった。親方は松吉がやり残している仕事の応援をし、その日の現場を終わらせた。松吉には、しばらく頭を冷やして休んでいるように告げた。

その後三日間は雨降り。大工の仕事が止まれば、左官屋も結局、休みになった。松吉はテレビを見ながらふて寝をして過ごした。そんなとき親方に誘われた。

着いた先は赤羽のキャバレーだった。仕事先で知り合った造園業の岡村社長が取引先の接待に今夜ここを使う。親方の浩二を建設会社の営業に紹介してくれるという。浩二は事業拡大を模索、従業員も増やしたいと考えていたが、年季の長い松吉を持て余していた。先代の親父がかわいがっていた職人だが、背に腹は代えられない。独り立ちしてもらおう。渡り職人になっても仕方ないだろう。そんな腹づもりがあったので、普段から女気の一つもない彼にキャバレーを体験させてやろうと連れてきた。松吉は酒がほとんど飲めないから、赤ちょうちんで一杯やりながら話すのは無理だということもあった。

店内はすでに酔ったお客でにぎわっていた。

酒の飲めない松吉はウイスキーをチビチビ舐めている。酒の匂いと化粧品の匂いが充満する店内、赤や黄色、緑のライトがチカチカ点滅する席で何をすればよいのか戸惑っていた。隣に座った女給さんも松吉のあまりの無口さに愛想をつかし、その隣の同僚の女給と喋り込んで、もう松吉には話しかけてもこない。

音楽が変わり、ショーが始まるとアナウンスされ、店内の明かりが一斉に落ちた。松吉の座っていた席の隣に円形の舞台がスルスルと移動してくる。舞台の中央にスポットライトが当たると「ローズ、待っていました」の歓声が上がった。

きらきら光るラメ入りの衣装、大きな白い羽を胸に抱いた女性がそこにすっくと立ち、場内を舐めるように見つめていた。舞台から客を挑発するようにゆっくり一周。大きな白い羽を黒子の男に手渡すと、ミラーボールが回り出し、スローな音楽がねっとりと流れる。女は軟体動物のように腰や胸、尻をくねらせ、踊りながら、一枚、また一枚と衣装を脱いでいった。

天女が身に着ける羽衣のような薄く透ける衣装を身体に巻き付け、その下は何も身にまとっていない。肩から背中、尻のあたりまで、ローズが動くたびに白い柔肌が悩ましくちらちら透けて見える。松吉は見てはいけないものを見てしまったようにたじろいでいた。

音楽が変わる。リズムが速くなり、女の踊りも合わせて激しく腰が動く。なまめかしい煽情的な踊りだ。照明に汗が光り、陽炎のように汗が湯気となって立ち上る。衣装を遣い、彼女自身までも見せるか見せないか、ぎりぎり客に気を持たせ、ため息を誘う。身体をくねらせるたび、ローズの息遣いが伝わってくる。かぶりつきの席に座る松吉は生気を吸い取られ、我を忘れ、ただ呆然としていた。

「観音菩薩様だやなあ。母ちゃん！」

不意に松吉の口から出た言葉はあまりにも場違いだった。

「おい、松吉。大丈夫か？」

親方の浩二が不安になり、声をかけてきたほど松吉は熱中していた。

なじみの客が「ご開帳！」と催促する。いままで目を閉じ、恍惚の装いで身をくねらせていたローズがカッと目を開き、全裸で仁王立ちになる。するとライトが消えた。もう一度ライトがローズに当てられたとき、両足を前に床に寝そべり、ゆっくりと開脚してゆく。お客がかたずを飲み一点に集中し、彼女自身を覗き込もうとすると、しっかり前張りがされ、そこには「スケベ」と書かれていた。ライトがもう一度落ちると、もうローズはそこにはいなかった。

それから松吉のキャバレー通いが始まった。

親方の許しが出なければ仕事もない。毎晩のように通い、ローズの出番を待った。店内では松吉のことはすでに女給の間で噂になり、「今夜も来ているわよ」とローズにささやく。

松吉はローズと亡き母の姿を重ねていた。幼いころ松吉が寝た後一人行水をする母の姿を見たことがある。きれいな白い肌だった。母は金貸しの妾だった。男が来ると、母から小銭を渡され、男が帰るまで外に出される。だから男と口をきいたこともなく、顔もよく見ていなかった。通ってきていた男が父親なのかどうかはついに母の口から聞かされないまま、松吉が十歳のときに母は熱を出してあっけなく亡くなった。

母が亡くなった後、わずかの期間だがその男の家に預けられていたことがあった。が、男には子どもが三人いて、その子たちから陰で手痛い暴力を受け、いじめられた。その後は遠縁をたらい回しにされ、やっと左官屋の下働きの丁稚に入れた。それが十三歳のときで、先代の親方は中学だけはと学校に行かせてくれたが、松吉は学校にもなじめず休みが多かった。

松吉は次の舞台も見たいと思い、トイレに立った。用を済ませて出てくると、楽屋へ通じるドアのところでローズがタバコをふかして松吉を待っていた。

「あんた、職人かい？」

松吉を驚かせないように気を遣い、やさしく声をかけた。

どうしてわかるんだという表情で松吉は頷いた。

「手を見りゃわかるよ。その手は左官屋さんかな？」

わが手を見つめ、松吉がまた頷く。

「頼まれてくれないかな」

ローズは松吉の顔を覗き込みながら軽い調子で頼み事を話し始めた。しかし話を聞いた松吉は大きくかぶりを振り、

「俺には仕事がある」

とやっと口をきいた。

「悪いけど、あんたの親方には了解もらっているのよ。長い間でなければいいって」

松吉は黙り込んだ。

ローズはドアの向こうに向かって大きな声で呼んだ。

「ヤエ！　顔見せな」

楽屋の入り口が開き、マンガを抱えた少女が顔を見せた。松吉に挨拶もしない。印象の暗い娘で、中学生くらいか、派手なローズの衣装を羽織っている。衣装の下はセーラー服。「挨拶は？」とローズに促され、少女は渋々頭を下げた。

「街のチンピラに目をつけられて困っているの。この子だけは、こんな商売させたくないから」

埼玉の在に知り合いの植木屋がいる。その人もローズのひいきで長い付き合いだという。一カ月か二カ月、少女が街のチンピラから逃げ切れるのを見届けるまで、松吉に見守ってくれという。松吉は事態を理解し、了承した。

次の日の夜、待ち合わせて植木屋の手配した車に乗り、埼玉中央部、畑や田んぼの真ん中にある植木屋の親方の家に少女と二人送られた。

親方の浩二はローズの話に内心厄介払いの意味も込め、植木屋と相談し、一肌脱いで少女をかくまう手助けをしたのだった。

植木屋は岡村造園といい、古い大きな家だった。周囲には園芸用の樹木が所狭しと植えつけられていて、二人は離れの六畳と三畳に兄妹として生活することになった。チンピラに見つからないようにといっても、日中からぶらぶらしているわけにもいかず、松吉は植木屋の下仕事、ヤエは家事の手伝いをするようになった。

無事一カ月が過ぎたころ、左官屋の親方と植木屋の親方から話があった。

「松さんは植木屋のほうが性に合っていそうだなあ」

植木屋の親方は無理強いを避けながら優しく話しかけた。左官には向かない。左官は何枚塗ってなんぼの世界だから。松吉も心の奥ではわかっていた。

「植木はじっくり取り組めばいい。手をかけたらその手間だけ植木に跳ね返る。かわいいものだ」

松吉自身も植木屋の仕事が面白いと感じ始めていた。だから左官の仕事に未練はない。話の流れのまま、植木屋に転業した。三十歳のときだ。左官のときのあれほど不評な仕事ぶりがうそのように、植木屋は天職なのか何事にも積極的で、よく気がついた。朝早くから夜遅くまで、休む暇なく働いた。お天気を見て水をやり、嵐の前には鉢を避難させた。親方がひとこと言うと、次から完璧に仕事をこなした。松吉は居場所を得た。

ヤエも下働きに少しは慣れてきたが、自分から何かをするということがない。

言われたことだけ渋々やっている。

ここに送られる車の中でヤエは歌っていた。うつろに、暗い外を見ながら、つぶやくように小さな声で、『もずが枯れ木で』の同じところを何度も歌う。

ばあちゃんが好きだったという歌で、辛いときにはそうやってばあちゃんを慕って歌って、自分を慰めてきたのだろうか。

ヤエは私生児だった。ローズがヌードダンサーになる前、キャバレーの女給として働いていたころ、キャバレーの呼び込みをしていた男がいた。流れ者のアルバイトで、学生運動くずれ、警察の目を気にしていた。ローズと仲良くなって二カ月もしたころ、借金をこさえて姿を消した。そのときすでに身ごもっていた。が、ローズは堕胎することのできない月数まで妊娠に気づかず、やむなく山梨の実家の母を頼り、出産した。

ローズは老いた母に赤子を託し、養育費を稼ぐため、女給からヌードダンサーに乗り換えた。あちらのキャバレーからこちらのキャバレーへと渡り歩く。荒稼ぎはできないが、女給の数倍の収入になった。赤子はヤエと名付け、八歳のときに老母が亡くなり、施設に預けるしかなかった。ヤエは十五歳まで施設で育ったが、何度も逃げ出し、勉強らしいことはできずに過ごしてきた。

辛いときヤエが思い出し、慰めてくれる記憶は、山梨のばあちゃん、彼女の膝のぬくもりだった。ヤエは諦めることに慣れていた。母親の苦労もわかる。でも、もう少し甘えさせてほしかった。だから別れのとき、ローズの目を見つめ「バイバイ」と冷たく背を向けてきた。ヤエの胸の中で、そのときもモズが枯れ木でやるせなく鳴いていたのだろう。

ヤエは足し算はできたが、引き算、割り算が苦手だった。買い物をして、渡されたつり銭が足りなくても気づけずに帰ってくる。漢字もあまり読めなかった。簡単な漢字さえ書くことができず、ヤエの書いたものはひらがなばかり。そのひらがなも「わ」と「は」、「お」と「を」の区別ができていない。松吉も自慢のできるほど勉強はしていないが、ヤエの不出来には同情した。育った環境が悪すぎた。

松吉は市内に落ちこぼれの子どもを相手に塾をやっている青年がいることを知り、ヤエの面倒を見てくれるか相談した。若そうに見えた青年はもうじき五十歳というおじさんで、ヤエの育ちを理解し、快く引き受けてくれ、夜間に二時間勉強できるよう計らってくれた。

塾に通ってくるのは小中学生ばかりだったが、ボランティアの大学生もいてヤエは喜んで通い始めた。

自分よりいくつか年上のボランティアの青年たちから受ける刺激はヤエを急速

に大人にした。半年もすれば小学生程度の勉強もわかるようになり、英語や社会も教わって、塾に行くのが楽しくてならない。その一方で悪いことだけは教えなくてもすぐに覚える。ヤエは十八歳で酒、タバコはやってはいけない年齢だが、酒臭い息をして帰ってきて、松吉にこっぴどく叱られ、塾にも行かせないと禁止されそうになり、泣いて許してもらった。

冬はスキーの合宿、夏はキャンプと子どもたちが楽しみにしているイベントが続く。ヤエもボランティアの青年たちとイベントの手伝いをしながら、参加するのを楽しみにしていた。

「松さん、ちょっといいかい」

松吉は植木屋の奥さんから周りをはばかる様子で声をかけられた。何だろうと土間のかまちに腰かけ、奥さんが用意してくれた熱いお茶をすすり、話し始めるのを不安な気持ちで待っていた。

言いにくそうにしていた奥さんが意を決したように話し始めた。

「ヤエちゃん、最近どう？　おかしくない？」

松吉は仕事のことで何か小言をされるのかと案じていたが、話はヤエのことらしい。

「塾に行くようになって、ずいぶん大人になってくれたのは良いのだけれど……」

「何かやらかしましたか？」

奥さんはしばらく押し黙って、下を向いて思案していたが、松吉には単刀直入に話さないと通じないと判じて切り出した。

「ヤエちゃん、妊娠していると思うよ」

松吉は「ひっ！」と訳のわからない声を発し、奥さんの顔を直視してしまった。もちろん、松吉は同じ家に住んでいても、妹として指一本触れていない。もう一度言ってくれというように口をパクパクさせ、お茶をこぼしてしまった。

「正式に病院で診てもらわないといけないけれど、三カ月はすでに過ぎていると思うのよね」

腹の子は産むしかないだろう、と奥さんは続けた。

そんなことに疎い松吉には訳がわからない。なすすべもなかった。

ヤエには植木屋夫婦が話を聞いてくれ、相手は夏休みボランティアに参加していた自称大学生だとわかったが、塾の話ではいまは寄り付かず、連絡しても不在で取りようがないという。人の噂では海外に行ったらしい。

このままではヤエのお腹は大きくなるばかりだ。松吉はない知恵を絞って結論を出した。

「俺が、俺が子どもの親父になります。ヤエを説得してくださいますか？」

親方と奥さんは顔を見合わせて、大きなため息をついた。ローズの行方もわからず、それ以上の解決策が見つからない。ヤエの母がしたように施設に預けるのは生まれてくる子がかわいそうだ。

ヤエは松吉との結婚話に黙って従った。イヤだとも、嬉しいとも言わない。しいて言えば仕方ないというのが本音だろう。

式はせず、入籍だけ済ませた。松吉との生活はそれまでと変わらず、兄妹でも、夫婦でもなく、寡黙な生活で、松吉もヤエをすぐ抱くようなことはしなかった。逆に避けてさえいた。異母兄弟のいる生い立ちが松吉にそうさせていた。

ヤエの子は男の子で真と名付けた。松吉は心底から自分の子として育てた。子育てのアドバイスは植木屋の奥さんが細やかにしてくれたので、ヤエは不安なく育児ができ、一歳を過ぎた。かわいい盛りである。松吉は目に入れても痛くないほどかわいがり、歩く前から幼児用の靴など用意して待っていた。

しかし、血は争えない。真は実父そっくりの男前になってきていた。ヤエにも、松吉にも似ていない。そんな真の成長を松吉は逆に良いことだと歓迎していた。自分に似たら猿のような面相になるし、ヤエも典型的なおかめ顔。ブス掛けるブオトコで男前ができるのだと笑いのネタにしていた。

真は一人遊びの好きなおとなしい子だったが、本気の喧嘩では相手に噛みついてでも、意地を通した。だから周りの子は滅多なことでは真を怒らせるようなことはしなかった。ヤエは二歳になった真を保育所に入れ、パートに出た。若いヤエが子育てで家にこもりきりになるのは良くないと奥さんが心配してくれ、ヤエも外に出て働く気になった。松吉の植木屋の給料だけではやはり苦しい。家計の足しが欲しかった。

近くの物流センターで商品の梱包という地味な作業だったが、初めての会社勤めにヤエは緊張した。ヤエと年齢の近い若いママが大勢働いていて、何よりの刺激に。新しい生活にヤエはすんなりとなじんでいった。

松吉の勤める植木屋にも変化があった。親方は息子に代を譲るのをきっかけに正式に会社を株式会社にし、事業の拡張を考えていた。公共の大きな仕事も請け負えるようになる。そのため広大な土地を購入し、そこに新たに本社と住まいを兼ねたビルを建てた。松吉一家は植木畑の一角に建てられた古い木造小屋に引っ越した。畑の番屋にしようと親方が建てた家で、狭いが家族三人住むには手ごろだ。

家の周囲には売り物の植木がたくさん植えられていた。松吉は造園業の仕事がないときは、この畑を舐めるように丁寧に手入れしていた。松やツゲをはじめ庭木はもとより、果樹園のように、柿やみかん、いちじく、栗など実のなる樹もたくさん植わっている。松吉は真に食べさせたいと、丹精込め手入れして育てていた。

いまでは松吉は植木屋になるために生まれてきたようだ。手抜きをせず、植物をみごとに育てる。左官屋では馬鹿にされた過ぎた丁寧さが、植木屋でみごとに花開いた。生き物は正直である。言葉のわかるはずのない樹木に松吉は何やらぶつぶつと声をかける。松吉が剪定すると、樹が望み喜んでいるようにみごとに形良く育った。造園業でも力仕事はもとより、移植の作業なども段取り良くこなし、しっかり植木屋になりきっていた。

働いていない松吉の姿を見たことがないと近所でも噂される。

松吉は植木の苗を種から育てた。松ぼっくりから種を採り、三年かけて小さな苗木に育てる。楓やケヤキの種は寄せ植えに。すると雑木林ができ、小さな自然が出現した。苗木の棚が狭い庭に次々と増えていく。植木の苗は盆栽市などの小さなイベントでも安価で人気があり、親方からも重宝がられ、松吉のちょっとした小遣い稼ぎになっていた。

さらに、家の前を流れる小さな川の河川敷まで草取りをし、花を植え、果樹の接ぎ木を植えてしまっていた。だからいつも何かしらの花が咲いた。花菖蒲、あじさい、曼殊沙華、水仙などが河川のフェンスの内側で咲き、通行人を楽しませてくれる。

パートで働くヤエに、妙な縁で友達ができた。休憩時、更衣室でロッカー荒らしをしている人がいるとヤエは思った。それはパート仲間の中でも裕福と噂されていた若いママで、自宅は三世代同居の大きな家だ。庭で大きな鯉を飼う地主と聞く。

「そんなことで気が晴れた？　自分を痛めつけるのは止めておきなよ」

ヤエは菊江というそのママにストレートに忠告した。普段から暗い影を見せる菊江が気になっていたのだ。しかし置き引きと思ったのはヤエの勘違いで、菊江は買い物にと姑から渡されたお金の入った封筒を探していたという。ヤエのロッカーはたまたまその日は菊江の隣だった。カギを差し込むと、空を切るように何の抵抗もなくカギが回った。「あれ？　鍵をかけるの忘れていた？」と驚き、扉を開けると銀行の封筒が手前に入っている。

「探しているの、この封筒？」

「それ！　良かった！　あった」

菊江はほっとして泣き出してしまった。

休憩前からトイレを我慢、もう限界とロッカーに封筒を放り投げ、トイレに走って戻ってきて、お金の入った封筒がないことに気がついた。それで青くなってあちこちほかのロッカーも探していたという。ヤエのロッカーは偶然隣だった。カギがかかってなかったので間違って入れてしまったようだ。封筒には三千円。泣くほどの金額でもないのにとヤエは思った。

仕事が終わって、二人は売店で買ったジュースを日陰のベンチで飲んでいた。

「我が家の家計、結構大変なんだ」

菊江はぼそぼそと家庭の内情を話し始めた。できちゃった婚で結婚式もまだ挙げていない。子どもたちは姑にべったり。夫もスーパーの店長で仕事に追われている。家計は姑が管理、菊江がパートで働いた給与もまずは姑に渡しているという。だから日々の買い物も姑から渡された金額で賄っている。

「旧家といっても体面を繕うだけで汲々している。私は家政婦みたいなものよ。広い家や庭の手入れだけでも疲れ果てるわ」

「私もできちゃった婚だけどさ」

ヤエは菊江の話に同調して打ち明けた。しかし真が夫の子でないことは伏せた。真のことは松吉と岡村造園の親方と奥さんしか知らない話。決して他人には、とりわけ真本人に知られてはいけない秘密。

「私ね、いま少しずつ貯金をしていて、いつかウエディングドレスの写真を撮りたいのよ」

菊江の話にヤエも同調した。

「私も写真撮りたい！　一緒に撮ろうよお」

それから二人は、せっせとお金を貯め始めた。そして一年後、菊江とヤエは夫と子どもと並んで花嫁衣裳で写真に納まった。貸衣装ながらヤエの花嫁姿はよく似合っていた。隣に緊張しまくりで、馬子にも衣裳の花婿松吉が並び、真も子ども用のスーツを着て写っていた。

「やっぱり、けじめは大事ね。これでやっと二人は夫婦として収まるところに収まったと思えるわ」

岡村造園の奥さんもしんみりとした口調で、安堵したように写真を眺めていた。

松吉もヤエもこの写真を見て、自分たちには大切な家族がいることを改めて心に刻んだ。二人とも幼いころから家族の温かさを知らずに育った。松吉は母親が十歳のときに亡くなり、その後は親戚をたらい回しに。ヤエはヌードダンサーの母親の里の老婆に預けられ、その祖母もやはりヤエが八歳のときに亡くなり、施設に送られた。二人とも父親の味を知らない。もちろん両親そろってという体験もしていない。

松吉もヤエもお互いに、男として、女として、好んで選んだ結婚相手ではなかった。だから夫婦の愛情については考えないようにしてきた。しかし写真を撮ったことで、二人は夫婦で、その愛の証として真がいることを思い知った。真は松吉の実の子ではないが、三人並んで撮った写真は幸せそのもの。この家族を大切にしたい、大切にしようと松吉もヤエもそう心から願った。

菊江にも最近変化があった。孫を甘やかし、わがまま放題にしてきた姑が、その孫からクソババア呼ばわりされ、全く言うことを聞かなくなりお手上げに。それをきっかけに家計のやりくりも菊江が任されるようになった。菊江は少しでも収入を増やしたいと進んで残業もするようになり、いまではリーダー候補になっていた。

松吉が岡村造園で働き始めて十五年。親方は松吉を自分のそばにおいた。作業の手伝いや連絡に走らせ、現場の人出が足りないときの応援など、重宝して働かせていた。松吉も人前で表立って働くより、裏方で地味に下働きすることを好んでいたから、親方の手足になることに不平はなかった。

真も五年生になった。親に似てないのは相変わらずで、学校の勉強もよくできた。ヤエは週五日パートで働いていた。小さいながらも自分の家が欲しいと最近思い始めていた。だからせっせと働き、節約もし始めた。

今日は真の授業参観日だ。松吉は欠かさず参加してきた。いつも遅れて教室に入っていく。人をかき分け一番前まで来て真を探す。いたいた、しっかり勉強していると微笑んだ。当の真は松吉の参観が本当は恥ずかしかったが、利口な子だから態度には出さない。ほかの子は皆若いお母さんが来ていた。真だけいつも父親。それも若くはなく、装いも白いシャツに白い半ズボン、日に焼けた身体がつやつやと光っている。あまりに違いすぎた。

今回の授業参観では家族についてというテーマで宿題が出されていた。書いてきた作文を父母の前で朗読する。先生が「読める人？」と生徒に聞くと、真は真っ先に手を挙げた。先生に指されると、ゆっくり松吉を振り返り、向き直ると背筋をまっすぐにして大きな声で読み始めた。

「『僕のお父さん』、僕のお父さんはハゲです」

教室のみんながどっと沸く。

「いつも手拭いをねじり鉢巻きにして、ハゲ頭にのせています。植木屋なので、いっぱい日焼けしています。白いシャツがよく似合います。かっこいいです。お父さんは僕の自慢です。おわり」

松吉は身を小さくして頭をかく。真が後ろを振り返ると、松吉はもう用は済んだとばかりにまた人をかき分け教室を出てゆく。いつも松吉は真が手を上げ応えると満足して帰ってしまう。

真はそれを承知しているから、松吉が来るのを待ち、良い姿を見せるのだ。若いお母さんが多い中で、年老いた、日焼けで真っ黒な松吉は目立った。羊の中に野獣がいるような異様さだった。だから真は松吉に早く帰ってもらいたかったのだ。

それから五年たち、真は県内有数の進学校の二年生になった。三者面談ではそろそろ進路の話が出始める。が、ヤエも松吉も真の選ぶ道に口出しする気はない。久しぶりに雨が続き、外の仕事はできないので、松吉は夕方まで土間で苗木の手入れをしていた。ヤエは夕飯の支度に取りかかっていた。学校から帰ってくるなり真が二人に大事な話があると声をかけてきた。

いつもと違ってかなり緊張している。

明日の三者面談を前に自分の希望を伝えておきたいと言う。アメリカに留学し、心理学の勉強をして、世界中の人を相手にカウンセリングをできるようになりたい。最低でも数か国語をマスターしたいと言う。

貧しい夫婦に貯えなどあるはずがない。

もちろん経済的に余裕がないこともあったが、真の渡米の目的の一つに実の父親を探したいという気持ちがあることをヤエは察していた。真が実の父親のことをいつ知ったのかはヤエにも判然としないが、かつての塾の関係者に聞き回っていたようで、いつかこんな日が来るだろうことを予感していた。

それまで住んでいた家は岡村造園のものだったが、親方からその土地を買い、狭いながらも一戸建ての住まいになっていた。一日も早く借金を完済したいと二人して頑張って働き、節約にこれ務める日々だった。

松吉の父親としての愛情を真は切ないくらい理解できていた。だからこれまで決して実の父親のことを知りたい素振りは見せなかったが、色々調べ、「アメリカに渡ったらしい」だの「音楽、特にジャズにあこがれていたようだが、その後帰国したという話はない」といったような情報を得ていたのだろう。真の実の父親は彼が生まれていることさえ知らないことになる。

「残念ながら我が家の経済状態で、真を留学させてあげるのは無理。かわいそうだけど諦めてちょうだい」

ヤエが真に家庭の経済状態を説明し始めた。

が、話はそれだけではないと真は納得しない。食い下がってくる。

「留学のことだけじゃないんだ。ＡＢ型の親からO型の子どもは生まれない。小学生でもわかる。俺の本当の父親はいったい誰なの！　本当のことを教えてほしい。驚かないから」

するとと松吉は板の間に土下座して、真に頭を下げた。そして十数年前の塾のボランティアの青年の話をし始めた。

「すまない。もっと早く話しておくべきだった。真に軽蔑されやしないかと怖かったんだ。真がこんなに気にして傷つくとは。血はつながっていなくてもこの松吉が、真の父親だぞ。それを忘れないでくれ！」

松吉は涙を浮かべながら言葉を選び、真が納得できるようヤエとよく話し合ったらいいと言った。ヤエは困り果てた。短い付き合いで別れてしまって、彼の事情を詳しく聞いていなかった。

しかし真は本気だ。奨学資金を借り、アルバイトをしてお金も貯める。あと二年ある。アメリカに行かせてほしいと折れない。

すると松吉は、まあ待てというしぐさをして奥のタンスから何か大事そうに布袋を出してきた。そして真の前に出して見せた。預金通帳と印鑑だった。左官屋で働いていたときの給料すべてを貯金していた。当時からの利子もしっかりついて、十分な金額になっていた。

「真の留学費用くらいはあるはずだ。これを使ってくれ」

そこまで真に尽してくれる松吉に、ヤエは陰で手を合わせた。

真は高校を卒業し、そのお金を持ってアメリカの大学に無事留学することができた。真からは年に何回か国際電話やエアメールが届き、順調に大学生活を過ごしているはずだった。が、四年の卒業間近になって、急に連絡が途絶えた。

心配した松吉夫婦は高校の知り合いを通じて調べてもらったが、消息がつかめない。大使館はもちろん、興信所や探偵を使って調べてもみた。アルバイト先を出た後シェアハウスには戻っていないことがわかった。真はスラム街にも出入りしていた様子で、銃の乱射事件は頻繁に起きていた。何か事件に巻き込まれてしまったのか。松吉とヤエではアメリカに行って探すこともできない。分不相応に留学などさせるのではなかったと二人は悔やんだ。不安な日々は進展のないまま、あっという間に五年が過ぎた。松吉は六十五、ヤエは五十二になった。いまでもときどき興信所を使って真の消息を探してもらっているが、新たな情報は伝わってこなかった。でも二人は諦めてはいない。アメリカのどこかできっと生きていると信じ、いざというときのため、生活を切り詰め、節約して貯金に回していた。

松吉が家を建てたころ、周辺は一面畑か草叢だった。それがいまでは大きなスーパーができ、幹線道路も開通した。小川も護岸工事が進み、岸はフェンスで囲まれ、年に一度くらい市で草刈りに入るがだいたいは雑草で覆われていた。しかし松吉の家の周辺だけは別格だ。季節の花々が咲く。アヤメ、水仙、つつじ、百日紅、夾竹桃、柿にざくろ、かりんまである。

スーパーの隣にアパートが建ち、新婚さんが引っ越してきた。新婚の奥さんの和美は勤めの帰りに小川の岸のフェンス脇を通る。いつもきれいに野草が咲いている。アパートに戻ってから花用の鋏を持って小川の岸に出てみた。

どこかに湧水があるのか、小さな川だが清い水が流れている。わずか数メートルの河川敷に名も知らぬ野草が群生して、いまが盛りと花をつけている。ネギ坊主のぼんぼりに似た紫色の見たことのない花だ。どこかの外来種だろうかと和美がスマートフォンで調べると、「柳花笠」という古風な名がついていた。川岸を越え、種は車道のアスファルトにも飛んだらしく、ガードレールのある車道の内側から十センチ離れたところ、わずか数ミリの割れ目、その隙間に一列縦隊、子どもの背丈くらいの柳花笠が十数本、背ぞろいしてみごとに花をつけている。まさにド根性そのものの花だ。命を繋ぎ育む。その姿は美しい。和美は花屋で買う花より、野で咲く花が好きだった。活けても決して思い通りには収まってくれないところが良い。自宅の食卓に飾りたいとアスファルトの隙間に生えていたド根性の中から二本を鋏で切ったとき、突然背後から怒鳴りつけられた。

「コラ！　泥棒。他人が大事に育てているものを黙って採っていくんじゃないよ！」

和美は最初、何が起きたか、訳がわからなかった。まして自分が泥棒呼ばわりされるとは。道路の反対側から太ったおばさんが怒鳴りながら、こちらに走ってくる。おそらく角の家が太ったおばさんの家なのだろう。かなり古い母屋だった。おばさんは近づくなり、和美の肩を容赦なくどやした。ヤエだ。

のんびり花をめでていた和美は悲鳴をあげ、思わず花を落としてしまった。

「野に置けレンゲソウだよ。そんな言葉も知らないのかい」

「えっ、ええ……」

「レンゲソウは野に咲いているときが一番きれいなんさ。その花も、あんたが家に着くころには、元気がなくなっちゃっているね」

「そうでしょうか……」

ヤエは柳花笠の一列縦隊をため息交じりに眺めていた。

「見てごらんよ。十本並んで元気に咲いていたのにさ、二本なくなっちゃって。淋しがっているじゃないか」

和美は自分が手折った後の柳花笠の姿をいま一度見てみた。そう言われてみれば、花の部分が二本欠けた姿はひどく淋しそうにも映る。

「すみません」

「わかればいいよ。早く帰って水あげな」

「でもここって、道路ですよね。河川敷も公共の土地ですよね」

「そうだよ。だから？　うちの父ちゃんが手入れしているんじゃないか。きれいだろう。柿の木もあるけれど、採っちゃやだめだからね」

和美は狐につままれたような気分だった。野の花に愛情をかけている優しさがわかり礼を言って帰ろうと歩き出したそのとき、背後でドスーンと大きな音がした。ヤエが頭から転び、その場に倒れていた。

「大丈夫ですか。大丈夫じゃないわよね」

今日という日はいったい何なんだろう、厄日かしら、すぐ救急車を呼び、待つ間、和美はヤエの気道を確保した。和美は介護士だったから、さすが応急処置は早かった。

ヤエが倒れていたそのとき、松吉の家のポストにエアメールが届いた。畑から帰った松吉がポストを覗き、その手紙を見つけた。はやる気持ちで差出人を確認、すると真という字が目に飛び込んできた。松吉は急いでヤエを探したが、いない。

「大変！　奥さん倒れて救急車で運ばれるよ！」

隣の奥さんが叫びながら飛び込んできた。

「いま、救急車が来たから一緒に乗って！」

松吉はエアメールをズボンのポケットに押し込み、外に飛び出していた。

ヤエは脳溢血で集中治療室に。和美の対応が良く一命を取りとめた。深々と頭を下げてお礼を言う松吉に、和美は笑顔で逆にお礼を言った。

「野の花の美しさを奥様から教わりました。野に置けレンゲソウ、命あるものを大切にして、心して暮らします」

ヤエは五日後に意識を取り戻した。しかし後遺症で左半身にまひが残った。とにかく一息つけたので、松吉はやっと真からのエアメールを開けて読む気になった。病室でヤエの目の前で開封した。

「真が生きていて。ヤエが助かって。こんなに嬉しいことはないよ」

松吉は人目も憚らず大粒の涙を流し、男泣きした。手紙には一枚の写真が同封されていた。真と家族が一緒に写っている。松吉から写真を渡され一目見たヤエは絶句した。

「黒い？」

真の隣に黒人の女性が並び、二人の間に黒人の五歳くらいの男の子が立っている。

そのうえ真は車いすに乗っていた。

「黒い人も黄色い人も白い人もいる。みんな仲良くやればよいのさ」

松吉の言葉にヤエは涙を浮かべた。

「生きているだけで丸もうけ。こういうことを言うのよね、きっと」

先に手紙に目を通した松吉はため息をついた。真はスラム近くの教会で牧師を務めているらしい。五年前、暴動に巻き込まれたときに銃で狙撃され、頭を強く打って記憶をなくしていた。そのとき救助してくれ、記憶が戻るまで世話になったのがその教会。彼女は入院していた病院のナース。シングルマザーで、真はその子どもであるジミーの父親になると約束し、いま、エミリーのお腹には真の子どもが宿っていると書かれている。

出産して落ち着いたら、日本に家族を連れていきたいと追記されていた。

ヤエは半身不随のいまの自分が情けなく哀れで泣き暮らし、松吉に励まされていた。

それから朝晩が少し寒くなる季節になった。今朝は明け方雨だったが霧になり、視界が悪い。和美が新聞を取りに外のポストを覗いたとき、霧の中から人が歩いてきた。起き上がりこぼしのように体を左右に振り、ゆっくり小股で前に進む。

左半身は固まっているのか体に張り付いたまま、右肩でバランスを取りながら歩いている。国会の牛歩戦術のような頼りない進み方だ。ヤエがリハビリで歩き始めたのだ。ヤエは和美に気づき、挨拶とお礼を言いたいのだが、呂律がうまく回らない。

「おしぇわにありましたあ」

和美はヤエを励まし頑張ってくださいと玄関に戻ろうとしたところで、十メートルくらい後ろから物陰に隠れるように松吉がついてきているのを見つけた。草取りでもしているふりをして手には鎌を下げていた。ヤエのことが心配だが、しかしヤエに気づかれてはならない。「いい夫婦だなあ、自分たちもあやかりたい」と和美は感心して二人を見送った。

朝の霧は晴れ、日が差してきた。ヤエは前のめりになりながら、小高い坂道を上っていく。

後ろから心配顔の松吉が付かず離れずついていく。ヤエは倒れた後、運動不足から体重も増えた。ヤエの額に汗が流れる。それでも真が日本に来る前に動けるように回復したい。ヤエは必死だった。

坂道を上り切るのに三十分かかった。西の空に虹が出ている。その虹に向かってヤエは懸命に歩く。虹のアーチがヤエを迎えているかのように美しい。

その光景に松吉は立ち尽くした。神々しいものでも見るように。

「母ちゃん！　観音様だ！　ヤエは観音様だっちゃ」

亡き母の行水。ローズの踊り。そしていま、ヤエの姿は松吉の心を打った。

それから半年後、成田空港に岡村造園の車で社長自ら真の家族を出迎えに来ていた。ヤエは杖はついていたが、脳溢血の後遺症を克服した人とは思えないほどのしっかりとした足取りで、到着ロビーにいた。ちょっとまだ呂律はあやしいけれど、孫に会える期待に胸を弾ませていた。

生きる幸せ

ここは、さいたま市浦和区の高級住宅街です。南西にある角地の二百坪を超える広い敷地、高いコンクリート塀が巡らされ、南側にある錆びた門扉が半開きになっていて、敷地内を覗くと雑草が人の背丈を超えて生い茂っていますね。敷地の一番奥まったところに古い平屋があるのですが、道路からではそこに人家があるとはとても思えません。実は南側の空き地は家庭菜園にしていたところで、いまは世話をする人が年を取り、人を頼んで年に一度くらい草刈りをしても植物の生命力は強く、一カ月もしないうちにまた立派な草叢に。畑は自然に帰ってしまったようですね。

いまは日に三度、ヘルパーさんの訪問介護を受けながら、老夫婦がこの草叢の奥の平屋に、ひっそり住み暮らしております。門から平屋までの道は菜園用にと舗装してなかったものですから、人が歩いたところだけ獣道のように雑草が倒れていますが、誰も道とは思わないでしょうね。

久さんは九十五歳、夫の春男さんは九十六歳になりました。埼玉県の浦和に引っ越してきたのは昭和四十年ごろで、結婚してすぐ子どもができ、東京の会社員だった春男さんは通勤が不便になるのを覚悟して埼玉県に家を構えたそうです。当時、周囲は家もまばらで宅地開発もまだ進んでいない時代でしたから、地価はまだ安く、少し無理をしても土地は広く買ったようです。北側の一番奥に平屋を建て、南側の空き地は畑に。二人の子育てをしながら、久さんは野菜作りに挑戦したそうです。

近所の農家のおばさんたちに野菜の育て方を一つひとつ教わって、やっと収穫というときになって野菜泥棒に根こそぎ盗まれることが続き、甜瓜《まくわうり》やスイカ、とうもろこしを楽しみにしていた子どもたちも悔し泣きです。

見かねた春男さんは人が乗り越えられない高さ二メートルのコンクリート塀を敷地に巡らせました。まるで刑務所並みで、久さんはどうしても高い塀は好きになれなかったようですが、おかげで野菜は盗まれなくなったそうです。生い茂る叢も高いコンクリート塀にも家族の生きてきた歴史があったのですね。

いま、九十歳を超えると何もかも思うようにはできません。一人で歩くのがやっとで、柱につかまり壁を伝って家の中を移動。テレビを見る元気も最近はなく、トイレもおぼつかないときがあり、仕方なしにおむつを穿いたのです。

二人には息子と娘がいます。息子夫婦は隣市に住み、嫁のキミさんがヘルパーのキーパーソンとして、指示をしてくれています。キミさんは六十歳で定年を迎える年齢ですが、いまの仕事は当面続けるつもりのようです。毎朝顔を出し、食事のメニューなど事細かく書き、材料も買いそろえて置いていってくれます。

「お二人には、百歳まで長生きしてもらう工夫をしていますから」

それがキミさんの口癖。食事制限は厳しく、一日九百キロカロリーでしっかり計算されています。一把のうどんを茹で、二人で分けてお皿に形ばかりに載ったうどんで昼食は終わり。おやつも水羊羹を半分ずつ。

「この年齢で我慢したくない。腹いっぱい好きなものを食わせてくれ！」

何度訴えてもキミさんは頑として受け入れてくれません。

「百歳まで生きてもらう」

あと五年で二人は百歳を超えられる。目標に向かってキミさんが目を光らせています。キミさんの行為は愛情からでも、食べる楽しみを奪われた二人には苦痛でしかなかったようです。

娘は電車で一時間のところに住んでいますが、こちらも介護が必要な姑を抱え、なかなか思うようになりません。やっと時間のやりくりができた日には、ひもじい思いをしている両親に好物を買って訪ねてくれました。しかし、ゴミ箱に残っていた包装紙からキミさんの知るところとなり、娘に詰め寄ります。

「私の努力を無にしないで」

「でも、もう年なのだから。好きなものぐらい好きに食べさせてあげたら。食べるぐらいしか楽しみないでしょう」

「勝手なこと言わないで！　あなたは月に一度顔出しすれば良いでしょうけど、私は毎日介護しているのですからね。たまに来ていい顔しないで！」

娘はきっぱり言われてしまいました。

二人は食べ物をベッドの間に隠していたのですが、ゴキブリやダニが出ると心配したキミさんは、ヘルパーさんに、掃除のときはベッドの間も確認してもらうように依頼。ヘルパーさんたちも二人に同情はしても、キーパーソンには逆らえないのです。

久さんと春男さんは「長生きなどするものではない」としみじみ思ったそうです。何の喜びがあっていつまでも生き長らえねばならないのか、お迎えを待つしかないと諦め、一日も早くと祈っていました。


一人の男性が、辺りを見回しながら歩いています。高木さんといって某スーパーの店員です。肩書は副店長ですが、掃除からレジ応援、周囲の草刈りまで、早い話何でも屋です。最近、商品配達の開拓を任されたばかり。

近ごろではスーパーやコンビニでも高齢者向けに商品を配達する試みを始めて

います。大きな儲けは期待できませんが小売業も競争激化、地域貢献して支持を得ないと生き残れません。高齢化が進めばいずれ商品を配達するのが当たり前の世の中が来るかもしれない。自宅のパソコンから注文し、その日のセール品まで配達してくれるネットスーパーも話題になっています。先行投資の意味で、どこのスーパーも商品配達に乗り出してきていました。

まずは店舗の周辺を一軒一軒訪問し、配達先を増やす努力をしてみました。これがなかなか難しいのです。

「商品を見て買いたいから、いまは大丈夫」

そのうちお世話になるかもしれないと丁重にお断りされ続けます。何軒か回って、出産したばかりの若い夫婦が利用したいとやっと申し込んでくれ、ほっとしました。

北風が冷たく首をすくめ、今日も高木さんは洗濯物が干してあるかを確認しながら、店の周辺の家のポストに商品配達のチラシを投函して歩いていました。まだ目標にしている件数まで注文が取れていないのです。

高台の古い住宅の道をきょろきょろ歩いていたら、草ぼうぼうの錆びた門扉の前に来ました。敷地の奥に屋根らしきものが見えるので、家がありそうだと以前から気になってはいたのですが、「物置か空き家なのか」といつもは通りすぎていました。ところが今日、その草叢のすすきの間から、若い女性が歩いて出てきます。

「人が住んでいる！」

思わずその女性に声をかけていました。

その女性はヘルパーで、家に住人がいるとのこと。草叢を分け入りチャイムを鳴らしてみます。返事がないので窓から家の中を覗くと、老人が二人寄り添ってこたつにいます。玄関のドアが少し開いていて、鍵はかかっていないよう。

久さんが先に高木さんに気づきました。近くのスーパーの名前の入ったジャンパーを着たおじさんが、窓の外でニコニコ顔で声を張り上げています。久さんは耳が遠いので何を言っているのかわかりません。困った。何か用かしら、入ってと手招きしてみました。

高木さんは恐る恐る家に入って、スーパーの商品配達の説明を始めてみました。

悪い人ではないらしいと二人はひと安心。

「一つでも届けてくれるのかね」

「もちろんです。配達料はいただきますが」

「ゴミも持ち帰ってくれる？」

「ゴミ？」

「包装紙とか袋とかよ。中身だけでいいのよ」

「私が配達しますので、持ち帰ります」

二人は顔を見合わせます。

「俺たち、お金持たされてないぞ！」

「大丈夫、大丈夫、私が持っているから」

春男さんが心配すると、久さんが目配せしました。

明日は嫁が出張で息子が代わりに来るはず。嫁ほどチェックは厳しくない。明日がチャンス。二人はこそこそ話し合って、

「明日は塩大福一つと、穴子の蒲焼で小さいのを一つ、届けてくれるかね」

と注文しました。高木さんは配達先が一軒増え、目標に近づき喜んで、快諾して帰っていきました。

高木さんが帰った後、久さんが古い茶箪笥の奥の板を外すと隠し戸棚があり、お財布を取り出して春男さんにほほ笑みます。

「私のへそくりよ」

「さすがだなあ。上出来、上出来」

春男さんも大喜び。

次の日の二時過ぎ、高木さんは注文通り二つの商品を届けに来ました。

「うまい！」

「おじいさん、生きていて良かったね」

「長生きも良いものだ、こんなにうまいものが食えるのだから」

二人は子どものように、待ちきれない様子で大福と穴子の蒲焼を分け合っています。

高木さんは手作り弁当とペットボトルのお茶を持参、遅めの昼食をここで一緒に取るつもり。ペットボトルのお茶を二人の湯飲みにも注ぎ、三人の賑やかなお茶の時間になりました。

「今度はいつにしようかね」

「あと何回この穴子の蒲焼が食えるかなあ」

いたずらっ子のように首をすくめ、二人は笑顔を取り戻したみたい。嫁に内緒でこっそり食べるスーパーの配達商品。生きることは理屈じゃない、楽しまなきゃ。

高木さんの配達は毎週水曜日と決め、キミさんに見つからず、その後も無事に続いています。二人とも、何となくうきうき、元気が出てきたみたい。今日はおはぎ一つと鯖寿司一貫が注文品。高木さんの手弁当とペットボトルのお茶があり、三人は昔話に花が咲きます。

「野菜畑がある住宅とは、いまどき贅沢ですよ」

高木さんが感心して、二人の話に頷くと、

「十年前ならまだ野菜を育てる元気が残っていたがね。いまはだめだ。俺と同じで枯れすすきさ」

生い茂る草叢を、春男さんは寂しそうに笑って眺めています。

「でもお嫁さんに感謝ですね。好きなものをおいしくいただけるのは、普段の頑張りがあるからですから」

「本当ね、嫁には感謝している。次は何を注文しようかねえと話しているだけで気が晴れるの」

好きなだけ食わしてくれと嘆いていた二人の風向きがどうも変わってきたみたい。

しかし、実は先ほどから生い茂る草叢の陰にキミさんが立ち聞きしているのを三人は知りません。今日は仕事の都合で早めに出先から直接帰宅になり、近くのスーパーで買い物をし、二人の家に荷物を届けに寄ったのです。玄関近くまで行くと、家から笑い声が聞こえます。キミさんは思わず草叢に身を隠してしまいました。

二人の笑い声を聞くのは何年ぶりだろう。そして嫁に感謝と言っています。知らない中年のおじさんは近くのスーパーの人。話の内容から、届けたのはおはぎ一つと鯖寿司一貫らしい。

ゴミは持ち帰りますと丁寧に湯飲みも片付け、ではまた来週と中年の店員さんは二人に挨拶して出てくるようす。

キミさんは泣きそうになりながら、その場をそっと離れました。いまはそっとしておきたい。最近二人が明るくなったわけは、こういうことだったのか。そして嫁に感謝しているというのです。

キミさんが二人に百歳まで生きてもらいたいと口で言うのは嘘ではありませんが、本心を言えば、この広い敷地をすんなり夫に相続してほしいとの下心もあり、良い嫁に介護されたと思われたいのです。キミさんの子どももすでに所帯を持ち、安月給ながら高い家賃を払って生活しています。ここはいまでは住宅地としては一等地。義妹や親戚と相続でもめたくない。長男の嫁として、しっかり責任を果たしたと認めてほしいからかもしれません。

それから三カ月、キミさんは変わらずキーパーソンの役割を務めています。でも毎週水曜日の内緒の配達も続いている様子。今日は勤め帰りに買い物をして、二人の家に寄りました。冷蔵庫に品物をおさめ、ノートを確認して帰ろうとすると、久さんに呼び止められました。テーブルの上に何か包みが乗っています。

久さんが座ってというように座布団を指し、

「気持ちだけね、お祝い。還暦の」

と包みをキミさんの前に差し出しました。

キミさんは驚き、そしてよく理解できないまま包みを開けてみると、塗り箸です。二人はどこでこの箸を買ったのだろう。疑問に思って、二人の顔を見つめると、二人は笑い出しました。

「目をつぶってくれていたお礼よ」

キミさんはますます理解できません。

「配達、知っていて見逃してくれていたでしょう」

「高木さんが隠れてたあなたを見つけてね」

「教えてくれたのさ」

「これも高木さんからの買い物だよ」

二人は神妙にこれまでのお礼を言い、これからも頼みますと頭を下げました。

キミさんはこらえてもこらえても涙が止まりません。

高木さんは今日も二人のもとに配達に来ています。でも荷物が少し多いみたい。キミさんから買い物を週二回依頼され、商売繁盛で大喜び。でも家の様子が何か変だと庭を見ると、どうしたのでしょう、あの草叢がありません。きれいに刈られ、小さな耕運機が土を耕しています。聞けば、息子さんが子どものころを思い出し、定年を機に家庭菜園を始めるらしいです。草叢は再び畑に生まれ変わり、お二人とも満足気に眺めています。

二人の注文は長生きも良いと思えるおいしいもの、いいですね。春男さんは翌々年九十八歳で逝き、久さんはみごと百歳を超え、百一歳まで長生きしました。

学芸会のような

「川島の樹木葬に行ってみるかなあ」

久夫は新聞を広げ、三面記事を眺めていたが、妻のキクに何でもないことのようにさりげなく話しかけた。今日は久しぶりに晴れ間がのぞき、本来なら畑仕事にでも出たいところだけど、長雨のため畑の土もぬかるんで、仕事にならないだろう。キクは久夫に付き合ってリビングのソファに横になり、時代小説を読んでいた。

「川島のどこにあるのかしらね。ネットで調べてみようかしら」

久夫の本心を測りかね、キクは曖昧に応えた。

がんの宣告を受けたのが一カ月前。

そのとき、久夫は他人の話のごとく、冷静に受け止めていた。

「なるようにしかならないのだよ」

ショックを受けて落ち込んでいるキクを逆に励ましたのは久夫だった。かなり厄介ながんで進行性、転移性が高く、心不全など突発的な命の危機も想定される。がん以前の持病もあって免疫力がかなり落ちているから、正直効果的な治療方法はありませんと、医師からはっきり言われた。

いまは昔と違って医師は本人と家族の前で、病状について丁寧に説明する。本人に隠すということはまずない。説明した内容をパソコンに入力し、その場でプリントアウトして、本人と家族にサインを求める。後日訴訟などにならないように病院も手抜かりはない。

キクは久夫の病状を長男の健司に電話連絡してみた。

「本人は気丈に元気にしているけど、かなりだるさもあって深刻みたい。川島の樹木葬見に行こうかって言ったりするから、本当は辛いんだと思うけどね」

「そのうち顔出すから、樹木葬でも何でも準備できることはしておいてよ。その方が楽だから」

若い息子には親の死は実感できないのだろう。現実的でドライな言葉を返してきた。

余命宣告は受けていないが、急変する可能性が常にあると医師には強調され続けていた。久夫は七十歳過ぎ。リウマチ、肺気腫、肺炎、肺がんと病のデパートのように次々と病名が追加されていく。リウマチを患ってから腫瘍マーカーが少しずつ上がっていくので検査を続けてきていたが、肺がんと診断された時点ですでに治療方法はなかった。手術、抗がん剤、放射線治療、すべて受けられない。

せめて軽い抗がん剤を投与してみようかとなり、入退院を繰り返していた。

久夫とキクは学生時代からの交際で、もう五十年も一緒にいる。キクは自分たちがそれほど仲の良い夫婦とは思っていない。お互いに仕事を持っていたから多忙のうちにこの七十代まで来てしまった。

子どもたちも社会人になり、細かいことは気になりながらも、定年後はお互いに好きなことをやってきた。キク自身、久夫のがん宣告で自分がこんなにも動揺するとは想像していなかった。

すでにシングルになってしまった友人も多く、「けんか相手がいなくなると寂しいものよ」と異口同音に言うので、頭では理解していたつもりなのに。

友人に誘われ、シベリア鉄道の旅に出かけたとき、こんなことを言われた。一緒に旅した友人は三年前に伴侶を亡くしていた。

「本当に寂しい。子どもや孫じゃ埋められないのよ」

心配の種だった娘も結婚し、娘夫婦の新居で孫のお守りをして、何の心配もない生活でも、寂しいを連発する。そんな友人の言葉がキクの胸に迫ってきた。

久夫もキクも宗教を持たない。万が一のときは近所のお寺の住職に頼んで仏式で葬儀しても良いかと思っていた。

「今は葬儀もいろんな式を用意していてね」

定年まで葬儀の仕事をしていた友人の花子にお茶しながら相談すると、無宗教でも、生前葬でも、いろいろやり方はあるから、本人や家族の納得のいくやり方をすると良いと、全面協力を引き受けてくれた。

「人間は誰もが百パーセント死ぬのよ。誰も死からは逃れられない。だから葬儀も自分のこととして知っておくといいと思うの」

笑顔で優しく話すが、その笑顔と対照的にリアルな内容だっただけに、久夫の境遇が現実のものとして痛切に感じられた。

一週間後には花子からいくつかの企画が送られてきた。

久夫は入退院を繰り返しながら、抗がん剤投与を受けていたが、元々期待が薄い治療で、使える薬はなくなり、体力の消耗も激しいので、ホスピスへの転院を決めた。余命はわからない。治療方法はもうない。痛み止めで残りの月日、好きにして良いのである。

久夫はホスピスでいくらか元気を取り戻した。キクはそんな久夫に樹木葬の話を切り出してみた。花子が送ってくれた企画を久夫は真剣に見ていた。それから三日後、キクに打ち明けた。

「びっくりしないで聞いてくれ。生前葬がいいと思うんだ。死んでから来てもらうより、生きているうちに仲間に会って別れや感謝を言っておきたいからね」

実は久夫とキクの結婚式も区役所の会議室を借り、千円の会費制だった。仲間たちみんなが祝ってくれた。学芸会のような手作りで、ウエディングドレスも一メートル百円の木綿の生地で、キクの友人が縫ってくれた。料理も手作り、テーブルクロスは友人のアパートのカーテンをひっぱがしてきて使った。花瓶は牛乳瓶にアルミ箔を巻いて一輪挿し。ブーケも友人が手配してくれた。祝辞も、家族紹介の後は学芸会そのもの。余興半分、お喋り半分、料理なんてあっという間になくなり、千円という破格の結婚式はそれでもめでたく終えられた。キクの職場の上司は保守系議員の後援者だった。労働組合や学生運動で活躍している若者が多くいる参加者を良く思わず、苦言を言われるかとびくついていた。

「いやあ、今の若い者は大したものだ！　ここまでやれるとは見直したよ」

逆にお褒めの言葉をもらえた。人の心はつながるのだ。久夫とキクの「千円会費の結婚式」はもう五十年以上前のことだ。懐かしく思い出していた。久夫夫婦には常に大勢の仲間がいた。

久夫の友人、知人に手紙が届いたのは翌月の初めだった。

拝啓

突然のお願いで恐縮です。

私、涌井久夫は先月末からホスピスに転院いたしました。そこで誠に勝手なお話ですが、生きている間にお世話になった皆さんにお礼が言いたいと会費制の生前葬を計画いたしました。

詳細は左記の通りです。

五月五日、十三時から十五時。会場はホスピスの駐車場、会費は一人千円です。香典、および香典返しはありません。普段着で最後は楽しくお別れがしたいので、学芸会のような準備をしてきてください。楽しみにしています。

新緑がきれいなホスピスから。

涌井久夫

「生前葬だなんて言ってさ。俺、こういうの初めてなんだよね。だけど、肝心の仏さん？　いないんじゃないか？」

「いま、小便だ」

「ここの仏さんはまだ生きているからね。飯も食えば、小便もくそも出る」

「イヤだね。誰が逝ってもおかしくない年齢だろう。順番はないんだからさ」

「まあ、学芸会、お楽しみ会が一つ増えたと思って、笑って付き合って、送るしかないやね」

「ご本人が戻ってきたよ」

からっと晴れた五月、友人、知人たちが集まって生前葬が開かれた。久夫は転倒予防のため車椅子で移動、次男の康が介助についていた。医師や看護師も待機してくれている。

「イヤイヤ、忙しいところ悪いね。同じ迷惑をかけるなら、話ができるときの方がいいかと思ってさ」

痩せてはいたが、末期のがん患者とは思えないほど久夫はしっかりしていた。参加者はホッとした。

ホスピスの駐車場にテーブルを並べ、机上にはペットボトルのお茶と弁当のパックが用意されていたが、最後ぐらいおいしく酒を飲んでもいいじゃないか。なんせ元気なころは酒豪だったのだから。いまさら体に悪いもないだろうよ。参加者たちが酒やつまみなども持参してくれた。結構にぎやかな宴になってきていた。幼馴染が古いセピア色の写真を持参し、一枚一枚見て、思い出に浸った。

「弁当は麦飯と梅干の握り飯だよ。貧乏人ばっか。その割にはみんな元気だったね」

「中学のとき、タバコがばれて。土下座して、許してもらったなあ」

「久夫よ、お前俺の歌褒めてたべ。一曲聞かすから、じっくり聞いてくれや」

「おお良いねえ。正雄の長持唄が聞きたいなあ。聞き納めるからさ」

おめでたい嫁入りの歌だが、久夫がこよなく愛してやまない民謡だった。久夫は満足そうに正雄の歌に聞きほれた。

「何遍聞いてもいい声だ。いい歌はどんな時に聞いてもいい歌だわ」

久夫は手をたたいて喜んで見せた。

次々と参加者が集まってくる。三十分交流したら、十分休む。また三十分接客したら休む。それを繰り返し、友人たちの歌やハーモニカ、安来節に笑い、折鶴のレイをかけてもらい、久夫は参加者全員と歓談し、満足そうだった。送る言葉を短冊に書いてもらった。どれも涙なしには読めない。一枚いちまい目を通し、ついに彼の目には大粒の涙が溢れてきていた。

「いつも仲間の皆さんに背中を押され、支えられて、ここまで生きてきた気がします。これ以上ないほど幸せな人生だったと思います」

最後に久夫からのお別れの挨拶になった。

「いつお迎えが来るかわからないけれど、今日、直接皆さんとお別れができ、こんな嬉しいことはない。もっと生きたいという気持ちがないわけではないけど、満足です。幸せでした。皆さん、こんな突飛な会にお付き合いいただいて、本当にほんとうにありがとうございました。

今日はしっかり皆さんのお顔を拝見しましたので、その日が来るまで、一人ひとり思い出させていただきます」

久夫は満面の笑顔で、次男に車椅子を押されて会場を後にした。両手を高く上げ、円を描き、大きく手を振った。参加者も涙にくれながらも納得してお別れできた。

「こんな葬式があってもいいよなあ」

わずかばかりの酒に顔を赤らめた幼馴染はしみじみともらした。

散る桜、残る桜も散る桜。最後が良ければすべて良し。明日は我が身。自分のときのことも考えておこうかとみんな初めて思った。良い葬式というのもあるものらしい。

〈著者紹介〉

遠藤トク子（えんどう　とくこ）

北海道網走郡大空町に生まれる。

中学２年に家庭の都合で母親と上京。

都立赤羽商業高校定時制卒。

東洋大学二部文学部国文科卒。

生活協同組合に33年勤務。

2018年より北本市市民文芸誌「むくろじ」にオリジナルのジャンル「老話」を投稿し始める。

著書に『癒しの老話』（幻冬舎／2021）がある。

老楽《おいらく》　～枯《か》れ木《き》に花《はな》を～
癒《いや》しの老話《ろうわ》2

2024年6月12日　第1刷発行

著　者　　遠藤トク子
発行人　　久保田貴幸

発行元　　株式会社 幻冬舎メディアコンサルティング
〒151-0051　東京都渋谷区千駄ヶ谷4-9-7
電話　03-5411-6440（編集）

発売元　　株式会社 幻冬舎
〒151-0051　東京都渋谷区千駄ヶ谷4-9-7
電話　03-5411-6222（営業）

印刷・製本　中央精版印刷株式会社
装　丁　　立石愛

検印廃止

Printed in Japan
ISBN 978-4-344-94995-9 C0093
幻冬舎メディアコンサルティングＨＰ
https://www.gentosha-mc.com/